楚辞

艺籍

楚辞

【美绘国学书系·泼墨山河】

弘丰 译注

青岛出版社
QINGDAO PUBLISHING HOUSE

图书在版编目（CIP）数据

楚辞 / 弘丰译注. — 青岛：青岛出版社，2020.10

（美绘国学书系）

ISBN 978-7-5552-9280-7

Ⅰ. ①楚… Ⅱ. ①弘… Ⅲ. ①古典诗歌－诗集－中国－战国时代 Ⅳ. ① I222.3

中国版本图书馆 CIP 数据核字 (2020) 第 122338 号

书　　名　楚　辞
译　　注　弘　丰
出版发行　青岛出版社
社　　址　青岛市海尔路 182 号（266061）
本社网址　http://www.qdpub.com
邮购电话　13581968639　010-64801478
策　　划　马克刚
出版统筹　贺　林
责任编辑　李文峰
特约编辑　郑丽丽　宝司群
装帧设计　余　微
照　　排　王　丹
印　　刷　德富泰（唐山）印务有限公司
出版日期　2020 年 10 月第 2 版　　2020 年 10 月第 2 次印刷
开　　本　16 开（710mm×1000mm）
印　　张　18
字　　数　250 千
书　　号　ISBN 978-7-5552-9280-7
定　　价　76.00 元

编校印装质量、盗版监督服务电话　4006532017　0532-68068638
建议陈列类别：国学经典

前言

《楚辞》是战国时期楚国文学总集。西汉刘向辑，东汉王逸章句。原收楚人屈原、宋玉及汉代淮南小山、东方朔、王褒、刘向等人的辞赋共十六篇，后王逸增入已作《九思》，成十七篇。“楚辞”其实并不单指屈原等人作品。

屈原（公元前340年—公元前278年），芈姓屈氏，名平，字原，战国末期楚国丹阳（湖北秭归）人，楚武王熊通之子屈瑕的后代，中国最早和最伟大的诗人之一。公元前278年，秦国大将白起挥兵南下，攻破了郢都，屈原在绝望和悲愤之下投汨罗江而死。传说当地百姓投下粽子喂鱼以防止屈原遗体被鱼所食，后来逐渐形成一种仪式。此后每年的农历五月初五为端午节，人们吃粽子、划龙舟以纪念这位伟大的爱国诗人。

“楚辞”的先驱者，是春秋末年生活在长江流域的人民，他们以口头形式创作了一些体裁新颖的优秀诗歌。严格来讲，“楚辞”最早源于战国时期，当时我国南方楚地开始兴起并流行一种新的诗歌样式，到了西汉前期，西汉人将战国时期楚人所做的诗歌统称为“楚辞”。现存的《楚辞》总集中，主要是屈原和宋玉的作品，尤其以屈原为重。屈原是楚辞体的奠基人，他的诗作，是“楚辞”的起源，也即“骚体”的始祖。屈原的诗作不但是《楚辞》中收录最多的，而且是价值最高的。其中，《离骚》《九歌》《九章》《天问》等作品，都堪称“楚辞”及古典诗歌中的经典。

《离骚》，本意指的是忧愁或者牢骚，具体来讲，“离”指的是离别，“骚”指

的是烦忧。屈原以“离骚”为题，就是为了抒发去国离家的忧愁烦闷之情。这篇长诗一共有373句，2490个字，是一部气势恢宏、感情炽热的长篇巨构，堪称中国古典文学中最长的一篇抒情诗。全诗共分为三部分：第一部分从自己的出生、家世、学识、才能、修养、品质等方面写起，说到自己如何立志辅佐楚王推行政治改革，但却遭到恶人的谗言诋毁，自己的改革计划因此被楚王放弃的经历；在第二部分当中，诗人借女媭的劝告，阐明了自己符合古代圣贤遗训的政治主张，以“路漫漫其修远兮，吾将上下而求索”表明了自己追求理想的顽强意志和探求真理的执着精神，接着写了自己架起龙车去求索却碰壁的结果；进入第三部分，诗人在追求落空的情况下，请神灵为自己占卜、降神、指明出路，然后按照神灵的启示，决定离开楚国去遨游世界。然而上升到云端时，诗人忽然看见自己生长的故土，终于不忍离开。但国中又无人能够理解自己，最后诗人只有选择以身殉国来表达自己一片赤诚的爱国之心。

《九歌》是屈原早期的作品，“九歌”这个名词，由来已久。在古代传说中，它是夏启从天上偷带到凡间的乐曲。在现实当中，“九歌”原本是楚国民间流传久远的一部祭祀鬼神的乐曲。而在《楚辞》中，屈原将其改编为一部有关祭祀方面的组诗。

《天问》也是《楚辞》中的一篇重要的长诗。这是一篇独特的作品，全篇采用的几乎都是问句的形式，一共包含了170多个问题。《天问》以诗歌的语言，提出了自然科学、人类历史、神话传说、政治伦理等方面的问题，表现了诗人屈原渊博的学识和深邃的思想，也体现了屈原对真理的科学求实态度。这部作品的突出贡献体现在文体方面，它的文体有别于屈原的其他作品。《天问》的结构紧密，主要采用的是四言的句式，形式丰富多变、生动活泼，富于节奏感；韵律精妙、文字精到。《天问》曾被郭沫若先生称为“空前绝后的第一等奇文字”（《屈原研究》），德国的孔好古称《天问》是“中国艺术史上最古的文献”。

《九章》一共包括了屈原所做的九篇诗歌，在艺术手法上，与《离骚》又有所不同。《九章》中的诗歌，主要运用的是白描的写实手法，文笔质朴，浪漫主义色彩较为淡薄。以艺术价值而论，首推其中的《抽思》《哀郢》《涉江》《怀

沙》四篇。《橘颂》一篇清新秀拔，风格独具，在辞赋发展史上，首创托物言志之体。至于《惜往日》《悲回风》二篇，艺术上较他篇略为逊色。

出生于楚国的屈原，对楚国风土人情乃至一草一木如数家珍，了如指掌，这对楚辞这一文体的横空出世以及骚体的创新有着举足轻重的作用。屈原因被逐，官场失意，一腔热血的报国激情到头来却是满目疮痍的悲怆。心有大苦而难言，这是文学的最高境地，是成就屈原的最重要的精神资本。他以自己独特的大起大落的人生感受，借楚国语言形式的加工把当地的花草树木或象征或比拟或借代或暗喻，对诗体进行了史无前例的改革创新。他开创了一个新的诗歌时代。

屈原作品想象丰富、构思奇特、变化多端、热情奔放、雄奇瑰丽，具有浪漫主义色彩。屈原是我国浪漫主义诗人之祖，《楚辞》更是开中国浪漫主义文学作品和浪漫主义艺术创作精神的先河，它将我国古代神话传说的积极浪漫主义精神发扬到了一定的艺术高度。

本书篇目以王逸《楚辞章句》为基础，保留了其中屈原的全部作品，并选录了大量后人拟作，以飨读者。译著古书是一件非常烦琐而复杂的工作，甚至需要几代人不懈的努力，由于学识有限，译著不准确或错误的地方敬请广大读者批评指正。

此外，本书在译注过程中，参阅了大量书籍资料，对这些理论和观点的倡导者一并致谢。

目录

离骚

《离骚》是中国文学史上第一首抒情长诗，是大诗人屈原遭小人排挤离开郢都后所作。全诗分为三个部分：第一部分屈原从自己的出生、世系、品质和修养写起，回忆了自己辅助楚王推行政治改革以及遭到冷嘲热讽的经历，也反映了他的政治态度与坚定信念；第二部分借写女媭的劝告，向重华陈词，总结历史教训，提出『举贤授能』的政治主张，描绘『上下求索』的境界，表现出屈原对自身理想的执着追求；第三部分写理想无从实现，便请神巫灵氛占卜，巫咸降神，询问出路，决定去国远游，在天上遥望到故乡，虽然不忍离开祖国，最终还是效法彭咸，投水而死。可以说，《离骚》是屈原用自身的理想、热情、痛苦乃至生命熔铸而成的宏伟诗篇。

关于『离骚』的含义，司马迁在《史记·屈原贾生列传》中道：『离骚者，犹离忧也。』『离』通『罹』，有遭受的意思。司马迁认为《离骚》是屈原遭受忧愁困苦时创作的。王逸在《离骚经序》中道：『离，别也；骚，愁也。』当代楚辞研究专家游国恩认为『离骚』是楚歌『劳商』的转音。多数人认为司马迁之说更符合屈原本意。

帝高阳之苗裔[1]兮[2]，朕皇考[3]曰伯庸[4]。

摄提[5]贞于孟陬（zōu）兮，惟庚寅吾以降。

皇览揆（kuí）[6]余初度兮，肇（zhào）[7]锡[8]余以嘉名。

名余曰正则兮，字余曰灵均。

纷吾既有此内美兮，又重之以修能。

扈江离与辟芷兮，纫秋兰以为佩。

汩（yù）[9]余若将不及兮，恐年岁之不吾与。

朝搴阰（pí）之木兰兮，夕揽洲之宿莽。

日月忽其不淹兮，春与秋其代序。

惟草木之零落兮，恐美人之迟暮。

不抚壮而弃秽兮，何不改乎此度？

乘骐骥以驰骋兮，来吾道[10]夫先路。

注释

①苗裔：子孙后代。②兮：文言助词，“啊”或“呀”。③皇考：对亡父的尊称。④伯庸：屈原的父亲。⑤摄提：岁星名，相当于干支纪年法中的寅年。⑥揆：揣度。⑦肇：开始。⑧锡：通“赐”。⑨汩：快速。⑩道：引导。

译文

我是高阳氏的后代，我父亲的名字叫伯庸。

岁星运行到寅年正月，我正好降生。

父亲端详着我，给我起的名字很吉祥。

父亲把我的名取作正则，并且把我的字叫作灵均。

天赋给我许多良好素质，我不断增强自己的修养。

我身披着江离和白芷，又编结秋兰作为佩饰。

我急忙前行好像来不及追上目标，担心岁月不等人。

早晨我采摘山上的木兰花，黄昏摘取洲边的宿莽草。

日月交替不停息，春秋往复更新。

草木飘落凋零，恐怕美人也会渐渐老去。

为什么不趁大好年华时抛去污垢，为什么还不改变原来的态度？

乘上骏马纵情奔驰吧，我愿在前面做开路先锋。

昔三后[①]之纯粹[②]兮，固[③]众芳[④]之所在。

杂申椒与菌桂兮，岂维纫夫蕙茝（zhǐ）！

彼尧舜之耿介兮，既遵道而得路。

何桀纣之猖披兮，夫唯捷径以窘步。

惟夫党人之偷乐兮，路幽昧以险隘。

岂余身之惮殃兮，恐皇舆之败绩！

忽奔走以先后兮，及前王之踵（zhǒng）武。

荃不察余之中情兮，反信谗而齌（jì）怒。

余固知謇（jiǎn）謇之为患兮，忍而不能舍也。

指九天[⑤]以为正[⑥]兮，夫唯灵修之故也。

曰黄昏以为期兮，羌中道而改路！

初既与余成言兮，后悔遁而有他。

余既不难夫离别兮，伤灵修之数化。

注释

①三后：三位君主。②纯粹：品德至美至善，毫无瑕疵之意。③固：本。④众芳：群贤。⑤九天：九重天，指中央和八方。⑥正：征，证，起誓，验证。

译文

从前楚国三位贤王的德行多么完美，所以有众多的贤臣拥护他们。

就像交杂了申椒和菌桂，不只是将蕙茝佩戴在身。

尧舜二帝何其耿直啊，遵循正道使国家沿大道前进。

桀纣何其狂邪啊，只管走邪道而寸步难行。

今日的党人苟且偷乐，国家前途晦暗不明。

岂是我惧怕祸患加身？不过怕皇上的车子颠覆。

我匆忙奔走在车驾的前后，紧紧跟着国君的足迹。

遗憾君王不明我心，反信谗言怒气冲冲。

我本来知道直言会招来祸患，但宁愿忍受一切也不舍弃原则。

我对苍天发誓，这都是因为君王的缘故。

说好在黄昏时见面，结果却中途改路。

既然当初已经和我约好，可后来又反悔另有他求。

离开君王我并不觉得有多难过，伤心的是君王反复变化。

余既滋[①]兰之九畹（wǎn）[②]兮，又树蕙之百亩。

畦留夷与揭车[③]兮，杂杜衡与芳芷。

冀枝叶之峻茂兮，愿竢（sì）[④]时乎吾将刈（yì）[⑤]。

虽萎绝其亦何伤兮，哀众芳之芜秽。

众皆竞进以贪婪兮，凭不厌乎求索。

羌内恕己以量人兮，各兴心而嫉妒。

忽驰骛以追逐兮，非余心之所急。

老冉冉[⑥]其将至兮，恐修名之不立。

朝饮木兰之坠露兮，夕餐秋菊之落英。

苟余情其信姱（kuā）[⑦]以练要[⑧]兮，长顑颔（kǎn hàn）[⑨]亦何伤？

擥（lǎn）[⑩]木根以结茝兮，贯薜（bì）荔之落蕊。

矫菌桂以纫蕙兮，索胡绳之纚纚（xǐ）[⑪]。

謇[⑫]吾法夫前修兮，非世俗之所服。

虽不周于今之人兮，愿依彭咸之遗则。

注释

①滋：种植。②畹：小盆地形状的农田。③留夷、揭车：均为香草名。④竢：等待。⑤刈：割。⑥冉冉：形容时光流逝的样子。⑦信姱：真正美好。⑧练要：精诚专一。⑨颇颔：形容因饥饿而面黄肌瘦的样子。⑩擥：手持。⑪缅缅：形容长而下垂的样子。⑫謇：发语词。

译文

我曾种植了很多兰花，又栽种了很多蕙草。

留夷与揭车也栽种了很多，还间杂着杜衡、芳芷等其他香草。

原本希望它们枝叶繁茂，到合适的时机我来收取。

即使枯萎凋谢我也不会感到痛心，痛心的是它们没能保持原来的本质。

众人都拼命地往上爬，满心贪婪不知满足只知道一味索取。

他们总是用自己的想法去衡量别人，相互间钩心斗角并心生嫉妒。

他们到处奔走追名逐利，而这一切都是我不屑去做的事情。

我担心的是暮年临近，却不能树立美名。

早上我饮木兰花上的清露，晚上我用秋菊的花瓣充当食物。

只要我情操真正美好专一，即使形容枯槁又有什么可以感伤的呢？

手拿木根系上白芷，再穿上一串薜荔的花蕊。

用菌桂缀结棵棵蕙草，把胡绳搓得长长软软。

我是在效法前贤，这样的穿着打扮并不是世俗人们的服饰。

虽然无法迎合现在的人们，我依然宁愿以彭咸为效仿的榜样。

长太息以掩涕兮，哀民生之多艰。

余虽好修姱（kuā）①以鞿羁（jī jī）②兮，謇朝谇（suì）③而夕替。

既替余以蕙纕（xiāng）④兮，又申之以揽茝。

亦余心之所善兮，虽九死其犹未悔。

怨灵修之浩荡兮，终不察夫民心。

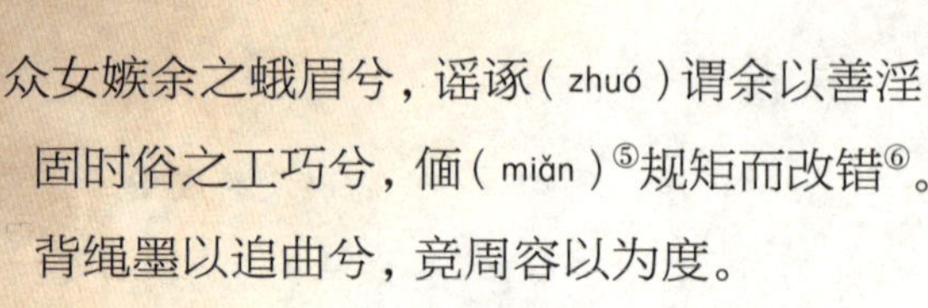

众女嫉余之蛾眉兮，谣诼（zhuó）谓余以善淫。

固时俗之工巧兮，偭（miǎn）⑤规矩而改错⑥。

背绳墨以追曲兮，竞周容以为度。

忳（tún）⑦郁邑余侘傺（chà chì）⑧兮，吾独穷困乎此时也。

宁溘（kè）死以流亡兮，余不忍为此态也。

鸷（zhì）鸟之不群兮，自前世而固然。

何方圜（yuán）之能周兮，夫孰异道而相安？

屈心而抑志兮，忍尤而攘诟（rǎng gòu）⑨。

伏清白以死直兮，固前圣之所厚。

注释

①修姱：洁美。②鞿羁：比喻束缚。③谇：进谏。④纕：佩的带子。也有说是香囊。⑤偭：背，违反。⑥错：通“措”，措施。⑦忳：烦闷。⑧侘傺：失意。⑨攘诟：容忍耻辱。

译文

一边长长地叹息一边擦着泪水啊，哀叹人生道路如此艰难。

我爱好高洁并严格约束自己啊，可是早上进谏晚上就遭罢官。

虽然因为我身佩蕙草而遭斥退啊，但我还要加上芳香的白芷。

这些是我内心所深爱的东西啊，为了这些无论遭受什么都不后悔。

怨只怨君王是这般糊涂啊，始终不察我的忠心。

众女嫉妒我的美貌啊，造谣污蔑说我善淫。

原本俗人们就善于取巧啊，违背法度又改变政令。

背弃法则而追求歪门邪道啊，把争相讨好取悦当作处事法则。

我忧愁烦闷、抑郁失意啊，偏偏在此时又穷困艰难。

可是我宁愿立即死去变成游魂孤鬼啊，也不忍心去做出小人的丑态。

凶猛的山鹰不与家雀同群啊，自古以来原本就是这样。

方和圆怎能互相契合啊，道不同的人又怎能同路呢？

委屈压抑自己的心志啊，忍受责备和耻辱。

怀抱清白之志为正直而死啊，这本来就是前代圣贤所看重的。

悔相道[1]之不察兮，延伫（zhù）[2]乎吾将反。
回朕车以复路兮，及行迷之未远。
步余马[3]于兰皋[4]兮，驰椒丘[5]且焉止息。
进不入以离尤兮，退将复修吾初服[6]。
制芰（jì）荷[7]以为衣兮，集芙蓉以为裳。
不吾知其亦已兮，苟余情其信芳。
高余冠之岌岌（jí）[8]兮，长余佩之陆离[9]。
芳与泽其杂糅兮，唯昭质其犹未亏。
忽反顾以游目[10]兮，将往观乎四荒。
佩缤纷其繁饰兮，芳菲菲[11]其弥章。
民生各有所乐兮，余独好修以为常。
虽体解吾犹未变兮，岂余心之可惩[12]？

①相道：观察道路。②延伫：长久站立。③步余马：骑马慢走。④兰皋：长兰草的涯岸。⑤椒丘：尖削的高丘。⑥初服：步入仕途以前的衣服。⑦芰荷：指菱叶与荷叶。⑧岌岌：形容高高的样子。⑨陆离：长的样子。⑩游目：放眼望去。⑪菲菲：形容花草茂盛、美丽的样子。⑫惩：制止。

悔恨当初探察道路没有看清楚啊，伫立许久现在我准备停下来往回返。

掉转车身回归原路啊，趁在迷途上还没走出太远。

马在长着兰草的岸边漫步啊，疾驰到长着椒树的山上暂且休息。

既然入仕不成反获罪啊，那就退隐回头重整旧衣。

用荷叶裁制上衣啊，用荷花缝制裙裳。

没有人理解我就算了吧，只要我的内心真正美好芳香。

把我的高冠加得更高啊，把我的佩剑加得更长。

芬芳和腐臭混合在一起啊，只有高洁的美质还没有亏损。

忽然回过头来游观四方啊，我打算去周游天下遥远的地方。

佩戴着缤纷复杂的佩饰啊，芬芳馥郁香气散发得更加浓郁。

人生都各有所好啊，我只喜欢修身养性并习以为常。

即使身体肢解也不会改变啊，我的志向岂能因受挫而中止。

女嬃（xū）①之婵媛②兮，申申其詈（lì）③予。

曰鲧（gǔn）④婞直（xìng）⑤以亡身兮，终然殀（yāo）⑥乎羽之野。

汝何博謇而好修兮，纷独有此姱节⑦。

薋（cí）⑧菉（lù）⑨葹（shī）⑩以盈室兮，判独⑪离而不服。

众不可户说兮，孰云察余之中情？

世并举而好朋兮，夫何茕（qióng）独⑫而不予听。

①女嬃：姐姐，屈原虚构出来的人物。②婵媛：形容关心爱护而显得婉转痛心的样子。③詈：责骂。④鲧：人名，传说是夏禹的父亲。⑤婞直：倔强。⑥殀：早死。⑦姱节：美好的节操。⑧薋：聚积。⑨菉：草名。⑩葹：草名。⑪判独：分别离散。⑫茕独：孤独。

女媭满怀痛心啊，重重责骂我。

她说鲧因为倔强又太刚直而丧命啊，最终被杀死在羽山荒野。

你何必事事直言又爱好高洁呀，独自保有这美好的节操？

杂花野草堆满房屋啊，你却与众不同不肯穿戴。

不可能向众人都表明自己的心迹啊，又有谁理解我们的真心？

全世界的人都喜欢成群结伙啊，为何你特立独行连我的话也不听？

依前圣以节中兮，喟（kuì）凭心而历兹。

济沅湘以南征兮，就重华而陈词。

启《九辩》与《九歌》兮，夏康娱以自纵。

不顾难以图后兮，五子用失乎家巷。

羿淫游以佚畋（tián）兮，又好射夫封狐。

固乱流其鲜终兮，浞又贪夫厥家。

浇（ào）身被（pī）服强圉（yǔ）兮，纵欲而不忍。

日康娱自忘兮，厥首用夫颠陨。

夏桀之常违兮，乃遂焉而逢殃。

后辛之菹醢（zū hǎi）兮，殷宗用而不长。

汤禹俨而祗敬兮，周论道而莫差。

举贤而授能兮，循绳墨而不颇。

皇天无私阿兮，览民①德焉错辅。

夫维圣哲以茂行兮，苟得用此下土。

瞻前而顾后兮，相观民之计极。

夫孰非义而可用兮，孰非善而可服。

阽（diàn）余身而危死兮，览余初其犹未悔。

不量凿而正枘兮，固前修以菹醢。

曾歔欷余郁邑兮，哀朕时之不当。

揽茹蕙以掩涕兮，沾余襟之浪浪②。

注释

①民：人，此指君主。②浪浪：流不断的样子。

译文

我以先圣做法节制性情，愤懑为何遭此厄运。

渡过沅水湘水朝南走去，我要对虞舜把道理讲明：

夏启偷到《九辩》和《九歌》啊，他寻欢偷乐而放纵忘情。

不考虑未来看不到先王创业之艰，所以武观得以酿成内乱。

后羿喜欢狩猎溺于游乐，对射杀大狐狸非常喜欢。

本来淫乱之徒没好结果，寒浞杀羿把他妻子霸占。

寒浇自恃有很大的力气，放纵情欲不肯控制自己。

天天寻欢找乐忘掉自身，所以他的脑袋终于落地。

夏桀做法总是违背常理，最后遭殃也就难以躲避。

纣王把忠良做成肉酱啊，殷朝天下所以不能久长。

商汤夏禹态度庄肃恭敬，正确讲究道理没有差池。

他们都能提拔贤者能人，遵循一定规则不会走样。

上天对一切都公平无私，见有德的人就给他扶持。

只有古代圣王品德高尚，才可以享有天下的土地。

回顾以前啊把将来瞻望，观察做人之根打算怎样。

谁不是因为忠义而被任用，谁不是因为纯善而被奉为表率。

我即使面临死亡的危险，毫不后悔自己最初志向。

不测量凿眼就削正榫头，前代的贤人正由此遭殃。

我泣声不绝啊忧愁悲伤，感叹自己未逢美好时光。

拿着柔软蕙草擦掉眼泪，热泪滚滚弄湿我的衣裳。

跪敷衽（rèn）以陈辞兮，耿吾既得此中正。
驷玉虬以椉鷖（chéng yì）兮，溘埃风余上征。
朝发轫于苍梧兮，夕余至乎县圃。
欲少留此灵琐兮，日忽忽其将暮。
吾令羲和弭（mǐ）节兮，望崦嵫（yān zī）而勿迫。
路曼曼其修远兮，吾将上下而求索。
饮余马于咸池兮，总余辔乎扶桑。
折若木以拂日兮，聊逍遥以相羊。
前望舒使先驱兮，后飞廉使奔属。
鸾皇为余先戒兮，雷师告余以未具。
吾令凤鸟飞腾兮，继之以日夜。
飘风屯其相离兮，帅云霓而来御。
纷总总[①]其离合兮，斑陆离其上下。
吾令帝阍（hūn）开关兮，倚阊阖（chāng hé）而望予。
时暧暧（ài ài）[②]其将罢兮，结幽兰而延伫。
世溷（hùn）浊而不分兮，好蔽美而嫉妒。
朝吾将济于白水兮，登阆风而緤（xiè）马。
忽反顾以流涕兮，哀高丘之无女。
溘吾游此春宫兮，折琼枝以继佩。
及荣华之未落兮，相下女之可诒。
吾令丰隆椉云兮，求宓（fú）妃之所在。
解佩纕（xiāng）以结言兮，吾令蹇修以为理。
纷总总其离合兮，忽纬繣（huà）其难迁。
夕归次于穷石兮，朝濯发乎洧（wěi）盘。
保厥美以骄傲兮，日康娱以淫游。
虽信美而无礼兮，来违弃而改求。
览相观于四极兮，周流[③]乎天余乃下。

望瑶台之偃蹇兮，见有娀（sōng）之佚女。
吾令鸩为媒兮，鸩告余以不好。
雄鸠之鸣逝兮，余犹恶其佻巧。
心犹豫而狐疑兮，欲自适而不可。
凤皇[4]既受诒兮，恐高辛之先我。
欲远集而无所止兮，聊浮游以逍遥。
及少康[5]之未家兮，留有虞之二姚。
理弱而媒拙兮，恐导言之不固。
世溷浊而嫉贤兮，好蔽美而称恶。
闺中既以邃远兮，哲王又不寤。
怀朕情而不发兮，余焉能忍与此终古。

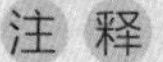

注释

①总总：杂乱貌。②暧暧：光线昏暗，不分明。③周流：周游。④凤皇：即给帝喾做媒的凤凰。⑤少康：夏后相之子。

译文

我展衣襟跪地诉说衷曲，明白自己已经获得中正之道。

驾起白龙乘上凤车，乘长风飞向天空。

早晨从苍梧出发，晚上到达昆仑山上。

本想在神灵住处稍作停留，无奈落日匆匆天已将暮。

我让羲和止鞭停车，别急忙向崦嵫山靠近。

前面的道路又远又长，我将上天下地追寻理想。

在日落的咸池饮马休憩，在日出的扶桑勒住缰绳。

折下若木擦拭太阳，聊且逍遥控制悲情。

前方使望舒驾月驰驱，后方使飞廉御风跟踪。

鸾凰在前替我警戒，雷师却告我行装不全。

我令凤鸟驾风飞腾，夜以继日不止前行。

旋风骤集吹散队伍，领着云彩前来欢迎。

祥云滚滚离合聚散，斑驳陆离上下翻动。

我令守关之神速速开门，他却倚着门框把我打量。

光明昏暗日头将落，手握幽兰在外彷徨。

世俗污秽美丑不分，掩蔽美丽产生妒心。

等早晨我渡到白水彼岸，把白龙系在那阆风山巅。

举目四望我不禁泪下，伤心这高山上竟毫无丽媛！

匆忙的我游到春神宫旁，折几根玉树枝插在带上；

应当趁鲜花还没有凋谢，到下界送与心爱的女郎。

我吩咐丰隆驾着彩云，去拜访宓妃幽静的闺门；

我解下兰佩寄寓深情啊，请那蹇修当我的媒人。

她开始没意思若即若离，忽然间身一转理也不理。

她夜晚到穷石同后羿消夜，早上在洧盘河把头发梳洗。

她自恃美貌，满脸高傲，整天在外边卖弄风骚；

这美人儿待人太没礼节，撇开她来另外查找！

仔细考察了四方八极，周游了天宇我降到大地。

望百尺琼楼平地耸立，看到了有娀氏美女简狄。

我托鸩鸟为我介绍，它却骗我说她不好。

那雄的斑鸠边飞边叫，想托它又觉它奸诈轻佻。

我的心啊徘徊得直跳，想亲自去又不是礼貌；

凤凰已经送去了聘礼，或许帝喾已比我先到。

想到远方去又没处安居，只得四处游荡流浪逍遥。

趁少康还没结婚的时节，还留着有虞国两个姚姓美人。
媒人无能毫无伶牙俐齿，或许能说合的希望很小。
世间坏乱污浊嫉贤妒能，爱遮蔽美德把坏事称道。
闺中美女已经难以接近，贤智君王最终又不觉醒。
满腔忠贞激情没处倾诉，我如何能永远忍耐下去！

索藑（qióng）茅以筳篿（tíng zhuān）兮，命灵氛为余占之。
曰两美其必合兮，孰信修而慕之？
思九州[①]之博大兮，岂唯是其有女？
曰勉远逝而无狐疑兮，孰求美而释女？
何所独无芳草兮，尔何怀乎故宇？
世幽昧以昡曜（xuàn yào）兮，孰云察余之善恶。
民好恶其不同兮，惟此党人其独异。
户服艾以盈要兮，谓幽兰其不可佩。
览察草木其犹未得兮，岂珵（chéng）美之能当？
苏粪壤以充帏兮，谓申椒其不芳。
欲从灵氛之吉占兮，心犹豫而狐疑。
巫咸将夕降兮，怀椒糈（xǔ）而要之。
百神翳其备降兮，九疑缤其并迎。
皇剡（yǎn）剡其扬灵兮，告余以吉故。
曰勉升降以上下兮，求矩矱（yuē）之所同。
汤禹严而求合兮，挚咎繇（gāo yáo）而能调。
苟中情其好修兮，又何必用夫行媒。
说操筑于傅岩兮，武丁用而不疑。
吕望之鼓刀兮，遭周文而得举。
宁戚之讴歌兮，齐桓闻以该辅。
及年岁之未晏兮，时亦犹其未央。

恐鹈鴂（tí jué）之先鸣兮，使夫百草为之不芳。
何琼佩之偃蹇兮，众薆然而蔽之。
惟此党人之不谅兮，恐嫉妒而折之。
时缤纷其变易兮，又何可以淹留。
兰芷变而不芳兮，荃蕙化而为茅。
何昔日之芳草兮，今直为此萧艾也。
岂其有他故兮，莫好修之害也。
余以兰为可恃兮，羌无实而容长。
委厥美以从俗兮，苟得列夫众芳。
椒专佞以慢慆（tāo）兮，榝（shā）又欲充夫佩帏。
既干进而务入兮，又何芳之能祗。
固时俗之流从兮，又孰能无变化。
览椒兰其若兹兮，又况揭车与江离？
惟兹佩之可贵兮，委厥美而历兹。
芳菲菲而难亏兮，芬至今犹未沫（mèi）②。
和调度以自娱兮，聊浮游而求女。
及余饰之方壮兮，周流观乎上下。
灵氛既告余以吉占兮，历吉日乎吾将行。
折琼枝以为羞兮，精琼爢（mí）以为粻（zhāng）。
为余驾飞龙兮，杂瑶象以为车。
何离心之可同兮，吾将远逝以自疏。
邅（zhān）吾道夫昆仑兮，路修远以周流。
扬云霓之晻蔼（ǎn ǎi）③兮，鸣玉鸾之啾啾。
朝发轫于天津兮，夕余至乎西极。
凤皇翼其承旂（qí）兮，高翱翔之翼翼。
忽吾行此流沙兮，遵赤水而容与。
麾蛟龙使梁津兮，诏西皇使涉予。

路修远以多艰兮，腾众车使径侍。
路不周以左转兮，指西海以为期。
屯余车其千乘（shèng）兮，齐玉轪（dài）而并驰。
驾八龙之婉婉兮，载云旗之委蛇。
抑志而弭节兮，神高驰之邈邈。
奏《九歌》而舞《韶》兮，聊假日以媮（yú）乐。
陟（zhì）升皇之赫戏兮，忽临睨夫旧乡。
仆夫悲余马怀兮，蜷局顾而不行。
乱[④]曰：
已矣哉，国无人莫我知兮，又何怀乎故都？
既莫足与为美政兮，吾将从彭咸之所居。

①九州：古代中国分为九州，故泛指中国、天下。②沫：终止。③晻蔼：郁茂阴暗的样子。④乱：古代诗歌的末章、尾声，有总结全章之意。

找茅草来占卜，请灵氛为我卜算。
他说郎才女貌一定会结合，真正美好的人怎会无人爱慕？
想天下如此辽阔广大，难道只有这里才有美女？
他说远走吧不要迟疑，真心追求美好的人怎会把你放弃？
天下哪里没有芳草，你又何必苦恋故地？
世道黑暗令人迷乱，谁能了解是恶是善。
人们好恶原本不同，只是小人更加奇怪。
人人腰间挂满了艾蒿，却说兰草不可佩戴。
他们连草木都不能分辨，又怎能把美玉评价品鉴？
拣粪土充满佩囊，反倒说申椒不香。

想听从灵仙的吉卦，又徘徊着忐忑不定。

今晚上巫咸将从天降临，我预备香椒饭将他邀请。

百神云集啊遮天共临，九嶷山仙子个个相迎。

巫咸光闪闪露着灵异，把吉利的故事讲给我听。

我俯仰浮沉周游天地，只是希望君臣同心协力。

夏禹与商汤严于求贤，可以跟皋陶与伊尹协调。

只需你内心爱好芳洁，又何必四处去托媒介绍？

傅说在傅岩修过土墙，武丁任用他毫不动摇。

姜太公在朝歌拿过屠刀，遇到周文王就不再潦倒。

宁戚击牛角时放声高歌，齐桓公懂得了他的襟抱。

趁你的年纪还没有衰老，时势的限制还没有来到；

小心那鹈鴂鸟叫得太早，使百草就此芳尽香消。

为何玉佩出众地美丽，人们却把它的光彩遮盖？

这些小人真太难信赖，怕他们因嫉恨把玉佩毁弃！

叹世间翻覆，世态易变，我怎能在这儿久久流连？

兰与芷悄悄地消了幽馨，荃与蕙变得与茅草无异。

为何往日的香花芳草，今天里直成了野艾臭蒿？

难道说还会有别的原因？都只怨他们不洁身自好！

本认为幽兰总是可靠，谁晓得它也虚有其表；

放弃了美质随从时俗，名列众芳应感觉害臊。

花椒谄上慢下有一套，茱萸还想钻入香荷包。

既然只想要攀缘钻营，又怎能尊重芳洁之道？

时俗原本就趋炎附势，又有谁可以不生变异？

看椒兰竟也这样，更勿论揭车江离？

唯有这玉佩可珍可贵，如此美好却被丢弃到这种境地！

一阵阵香气毫不损减，到今还如此沁人心肺。

舒一舒皱眉啊，整一整衣衫，且浪游去寻找理想的女伴；

趁我正值盛年风华正茂，到天地四方去一一游玩！
灵仙已告诉我占得吉卦，选个好日子我预备出发。
折断玉树枝叶作为肉脯，我舀碎美玉将干粮备下。
给我乘车啊用飞龙为马，车上装配着美玉和象牙。
彼此不同心如何配合啊，我将要远去主动远离他。
我把路程转向昆仑山下，路途很远继续周游观察。
云霞虹霓飞扬遮蔽阳光，车上玉铃叮当声错杂。
清晨从天河的渡津出发，最远的西方我傍晚到达。
凤凰展翅承载着旌旗啊，长空翱翔有节律地上下。
突然我来到这流沙地段，只好沿着赤水行进缓缓。
指挥蛟龙在渡津上架桥，命令西皇将我搭到对岸。
路途何其遥远又多艰险，我命令众车在路旁等待。
路过不周山向左转去啊，我的目的地已指向西海。
我再把成千辆车子集聚，把玉轮对好了并驾齐驱。
驾车的八龙逶迤地前进，搭着云霓旗帜随风卷曲。
定下心来啊缓缓地前行，难控制飞得遥远的思绪。
奏起《九歌》舞起《九韶》啊，暂且借点时光放松一下。
升上高空漫天明光啊，突然低头看见故乡。
仆人马儿也感到悲伤啊，缩身回头不肯前往。
乱辞称：
算了吧！国内没人理解我啊，我又何必眷恋着故都？
既然没人能与我一起推行美政啊，我要追随彭咸去他的居处。

九歌

『九歌』是流传很久的乐曲，对此，《左传》《离骚》《天问》《山海经》都有所论述，认为它是夏代乐章，是夏启从天上偷来的。这是神话中的说法，『九歌』也只是神话中的乐曲名称。屈原借用了《九歌》这个曲名，他所创作的《九歌》是用于祭祀的歌词、组诗。

楚国南方沅湘一带有相信鬼神的民间风俗，喜欢祭祀，祭祀时会通过演奏音乐和表演歌舞来娱乐鬼神。王逸认为是屈原放逐江南时所作，当时屈原『怀忧苦毒，愁思沸郁』，所以通过制作祭神乐歌来寄托自己的思想情感。但现代研究者多认为作于放逐之前，仅供祭祀之用。

《九歌》共有十一篇，可分为三类：第一类是祭歌，有《东皇太一》《礼魂》，前一篇是迎神曲，后一篇是送神曲；第二类是恋歌，有《东君》《云中君》《大司命》《少司命》《湘君》《湘夫人》《河伯》《山鬼》，讲的是自然神；第三类是挽歌，有《国殇》，讲的是人鬼。《九歌》组诗的组织性很强，很可能是适用于大规模祭祀典礼的完整乐章。

东皇太一

题解

《东皇太一》是《九歌》组诗中的首篇，是楚人祭祀神明的乐歌。“皇”是天神的尊称，楚人的神祠立于东方，所以称为“东皇”；“太一”是说神道广大无边；“东皇太一”是楚人所祭祀的众神中最尊贵的神。

全诗分为三节。首写选择春日里的良辰吉日，怀着恭敬的态度祭祀春神——东皇太一，以使春神降临人间，带来万物复苏、生命繁衍、生机勃发的新气象。次写祭祀场面，主祭者带领着祭祀者们虔诚地恭候春神降临，祭品丰富，歌舞欢快，预示着，春神就要降临了，整个祭祀氛围开始进入高潮。最后写春神降临，“偃蹇兮姣服”写出巫女外表动人舞姿曼妙，“芳菲菲兮满堂”昭示着春神带来了春天的气息，而参与祭祀的人们也满心欢喜，钟鼓齐奏，竽箫齐鸣，祭祀气氛达到高潮。

此诗篇幅短小，层次清晰，场面盛大，气氛热烈，描写生动，充分表达出人们对春神的敬重与欢迎，希望春神能够赐福人间，给人类生命的繁衍和农作物的生长带来福祉。

吉日兮辰良，穆将愉兮上皇。
抚长剑兮玉珥，璆锵（qiú qiāng）[1]鸣兮琳琅。
瑶席兮玉瑱（zhèn），盍将把兮琼芳。
蕙肴蒸兮兰藉[2]，奠桂酒兮椒浆。
扬枹（fú）兮拊（fǔ）鼓。疏缓节兮安歌，陈竽瑟兮浩倡[3]。
灵偃蹇兮姣服，芳菲菲兮满堂。
五音纷兮繁会，君[4]欣欣兮乐康。

注释

①璆锵：美玉相击之声。璆，美玉。锵，金属碰撞发出的声音。②藉：祭典中陈列祭品用的草垫。③倡：同“唱”。④君：神，指东皇太一。

译文

吉祥的日子到来了啊，恭恭敬敬地来祭祀上皇。

手抚这镶着玉石的宝剑剑柄啊，身上的佩玉叮当作响。

做工精美的瑶席上放着玉瑱，陈列好祭品啊鲜花散发着芬芳。

用蕙草包着祭祀肉品啊用兰叶做衬垫，献上桂椒酿制的美酒佳肴。

举起鼓槌鼓声咚咚作响，舒缓的节奏啊声调安宁，吹竽又鼓瑟啊声势震天。

巫女舞姿优美啊服装也尤其漂亮，芬芳的香气啊充溢着这宽敞的厅堂。

官商角徵羽这五音来一齐合奏，衷心地祝愿神君你啊快乐安康。

云中君

关于这首诗的祭祀对象，历来就存在分歧。东汉王逸认为诗中所讲的“云中君”是云神，在我国古代的神话故事中，云神名叫丰隆，又称为屏翳。君是对其的尊称。马茂元认为，丰隆“是云在天空中聚集的形象”，而屏翳“是云的形象和雨的形象”。

清代徐文靖《管城琐记》中认为云中君是云梦泽的水神，这种说法遭到游国恩的驳斥。闻一多《什么是九歌》中认为云中君是云中郡的地方神。姜亮夫认为云中君是“月神”。黄震云《楚辞通论》中认为云中君是“雷电之神”。

解读这首辞可知，前部分写的是迎神，人们沐浴更衣，打扮得花枝招展，虔诚地迎接云神的到来；神灵同样光彩照人，光芒璀璨，乘驾龙车身穿帝服，遨游四方。后半部分写云神从云中来到人间，光芒遍及九州，踪迹纵横四海，后来又回到了天上。“极劳心兮忡忡”，写出了人们对云神的崇敬和膜拜。

人们如此崇拜云神，或多或少地折射出他们对农业的态度。因为重视农业，人们才去祈求降雨，祈盼有个好的年成，对云神雨神也就越加恭敬。

浴①兰汤②兮沐③芳④，华采衣兮若英。
灵⑤连蜷⑥兮既留，烂昭昭⑦兮未央⑧。
謇将憺兮寿宫，与日月兮齐光。
龙驾兮帝服，聊翱游兮周章。
灵皇皇⑨兮既降⑩，猋远举兮云中。
览冀州兮有余，横四海兮焉穷。
思夫君兮太息，极劳心兮忡忡。

注释

①浴：洗身体。②兰汤：洗浴用的热水。③沐：洗头发。④芳：白芷。⑤灵：指扮月神的巫者。⑥连蜷：指巫者身姿的矫健美好。⑦烂昭昭：指天色微亮。⑧未央：未尽。⑨皇皇：同“煌煌”，辉煌灿烂。⑩降：从天而降。

译文

香水沐浴满身香，穿上华丽的衣裳；
神君云端长流连，天色微明夜未央。
云间宫殿多安详，可与日月争光芒；
驾着龙车穿帝服，暂且逍遥游四方。
光辉灿烂下天来，又像阵风回天上；
高瞻远望越冀州，奔腾四海远无疆。
想念神君长叹息，忧心忡忡伤断肠！

湘 君

湘君是湘水的男神。相传舜帝以尧的两个女儿娥皇和女英为帝妃，娥皇无子，女英生子商均，另外有庶子八人。帝舜知道自己的弟弟象和儿子商均都不成器，便向上天荐告，让禹来继承帝位，实行禅让制。十七年后，舜帝在南巡途中，逝世于湘水的发源地苍梧山一带，终年一百零一岁，他死后化身为湘水之神。娥皇和女英到南方寻找舜帝，听闻舜帝已然逝去了，于是投水而死，化为湘水女神，号称湘夫人。《湘君》和《湘夫人》是祭祀湘君和湘夫人的组歌。《湘君》是巫扮女神湘夫人的独唱，表达了湘夫人期盼湘君到来的复杂心情。

本辞可分为四段，简要概述如下：第一段写湘夫人乘着小船来到和湘君定好的地点，可怎么都不见湘君到来，无比失望之下，湘夫人吹起了排箫，满是哀怨之情；第二段写湘夫人没有等到湘君，便驾船向北，到洞庭湖去寻找，依然没有见到湘君的踪影；第三段写湘夫人失望至极，生发怨恨之情；第四段补叙湘夫人从早到晚在江边寻觅，她最终都没有见到湘君。

君①不行兮夷犹，蹇谁留兮中洲？
美要眇（yāo miǎo）②兮宜修③，沛④吾⑤乘兮桂舟。
令沅湘兮无波，使江水兮安流！
望夫（fú）君⑥兮未来，吹参差（cēn cī）⑦兮谁思！
驾飞龙兮北征，邅（zhān）吾道兮洞庭。
薜荔柏兮蕙绸，荪桡（sūn ráo）兮兰旌。
望涔（cén）阳兮极浦，横大江兮扬灵。
扬灵兮未极，女婵媛兮为余太息。

横流涕兮潺湲，隐思君兮陫（fěi）侧。

桂棹（zhào）兮兰枻（yì），斫（zhuó）冰兮积雪。

采薜荔兮水中，搴芙蓉兮木末。

心不同兮媒劳，恩不甚兮轻绝。

石濑兮浅浅，飞龙兮翩翩。

交不忠兮怨长，期不信兮告余以不闲。

鼂（zhāo）[8]骋骛兮江皋，夕弭节兮北渚。

鸟次兮屋上，水周兮堂下。

捐[9]余玦兮江中，遗余佩兮醴（lǐ）浦。

采芳洲兮杜若，将以遗（wèi）兮下女。

时不可兮再得，聊逍遥兮容与。

注释

①君：指湘君。②要眇：姿态美好的样子。③宜修：修饰得恰到好处。④沛：形容迅速的样子。⑤吾：湘君对自己的称呼。⑥夫君：指湘君。⑦参差：此指排箫。⑧鼂：通“朝”，早晨。⑨捐：舍弃。

你犹豫不决迟迟不肯来，是为谁而逗留水中小洲？

为你精心打扮美丽容颜，在湍急水流中驾起小舟。

我不许沅江湘江兴风浪，令长江安安静静向前淌。

期盼你啊为什么总不来，吹排箫啊谁知我心哀伤？

乘着那飞快龙舟往北行，我掉转船头又驶向洞庭。

薜荔饰船舱蕙草饰幕帐，兰草饰旌旗荪草饰船桨。

眺望涔阳浦口遥远地方，飞舟横渡大江划船前进。

心期盼神远驰永无尽头，侍女声声忧叹为我悲伤。

止不了滚滚热泪腮边淌，暗暗地想念你啊愁断肠。

桂木的桨呀木兰做的舷，划破堆冰积雪般的水光。

迎湘君好似水中采薜荔，上树梢摘取荷花也这样！

心意不和啊媒人也徒劳，彼此间怜爱不深易轻抛！

流水啊在石间快速地流，龙船啊在水中飞快地摇。

相交不忠贞怨恨定然深，讲话不算数还说没空闲。

早晨我奔波江岸不辞劳，夜晚啊停宿在北岸小岛。

堂屋上一帮小鸟在栖息，堂屋下淙淙溪水在环绕。

我要把玉玦抛至江里去，我要把玉佩丢到澧水旁。

我摘取香花香草香岛上，要送与身旁的可爱侍女。

美好的时光一去不复返，我暂且自由自在地游荡。

湘夫人

《湘君》和《湘夫人》分别是祭奠湘君和湘夫人的辞，两者不能截然分开。

一般认为，湘夫人是湘水的女性神，与湘水的男性神湘君是配偶神。诗歌题目虽为《湘夫人》，但诗中的主人公却是湘君。《湘夫人》由巫扮男神湘君独唱，表达了赴约的湘君来到约会地北渚，却没有见到湘夫人的迷惘和惆怅心情。

如果将《湘君》和《湘夫人》联系起来看，我们便会发现，《湘夫人》所写的情事，正发生在湘夫人久等湘君不至，便北出湘浦、转道洞庭之时，湘君自然难以见到他的心上人了。由此可见，《湘夫人》和《湘君》两辞的情节是紧密配合的。

《湘夫人》第一段写湘君带着虔诚的期盼，久久徘徊于洞庭湖边的山岸，渴望湘夫人的到来；第二段深化湘君的渴望之情，他在久等不至的焦虑中，也从早到晚骑马去寻找，在急切的寻觅中，甚至产生了听到佳人召唤，并与佳人一起乘车而去的幻觉；第三段是湘君幻想中与湘夫人如愿相会的情景，最终在如梦如幻的美景中惊醒，重新陷入相思的痛苦之中；最后一段写湘君在绝望之余，情绪激动，抛弃了对方的赠礼，但表面的决绝却无法抑制内心的思念，他最终平静下来，打算耐心地等待和期盼下去，并从汀洲上采来芳香的杜若，准备赠给远来的湘夫人。

帝子[①]降兮北渚，目眇眇兮愁予。
嫋（niǎo）嫋兮秋风，洞庭波兮木叶下。
白薠（fán）兮骋望，与佳[②]期兮夕张。
鸟萃兮蘋（pín）中，罾（zēng）何为兮木上。

沅有茝兮醴有兰，思公子兮未敢言。

荒忽兮远望，观流水兮潺湲[3]。

麋何食兮庭中，蛟何为兮水裔？

朝驰余马兮江皋，夕济兮西澨（shì）。

闻佳人兮召予，将腾驾[4]兮偕逝。

筑室兮水中，葺之兮荷盖。

荪壁兮紫坛，匊芳椒兮成堂。

桂栋兮兰橑（lǎo），辛夷楣兮药房。

罔薜荔兮为帷，擗蕙櫋（mián）兮既张。

白玉兮为镇，疏[5]石兰兮为芳。

芷葺兮荷屋，缭之兮杜衡。

合百草兮实庭，建芳馨兮庑门。

九嶷缤兮并迎，灵之来兮如云。

捐余袂兮江中，遗余褋（dié）兮醴浦。

搴汀洲兮杜若，将以遗（wèi）[6]兮远者[7]。

时不可兮骤得，聊逍遥兮容与！

注释

①帝子：舜的妃子为帝尧之子，故称帝子，即湘夫人，湘水之神。②佳：佳人，即湘夫人。③潺湲：水流缓慢的样子。④腾驾：驾着马车飞腾奔跑。⑤疏：分布、分陈。⑥遗：赠送。⑦远者：远方的恋人。

译文

湘夫人从天而降啊在北岸的小洲，寻找湘君啊望眼欲穿心中愁闷。

树木轻轻摇摆啊秋风已然微凉，浪花翻滚啊树叶纷纷飘落。

在白薠丛中远远瞭望，相约在夕阳西下的黄昏。

鸟儿如何会集中在蘋花中？渔网怎么挂在了树顶？

沅水边有白芷，澧水边生幽兰，心念公子啊，口中不便言。

黄昏时极目而望，看见江水平流缓缓。

麋鹿为什么会在庭院中吃草？蛟龙为什么会困在水边？

清晨我在江边策马奔驰，傍晚我在江水西边停泊。

听到爱人在呼唤着我啊，我想要策马和他一同前往。

在湖水中建屋吧，用荷盖做成屋顶。

用荪草扮壁紫贝砌地吧，掬起芳椒和泥装饰堂屋。

桂树制栋兰茎为椽，辛夷为楣白芷装房。

编成薜荔作帷，隔开蕙草作屏。

白玉为坐席之镇，摆列石兰作为屏风。

白芷为顶荷花盖屋，洞房周围缭绕了杜衡。

集中了百种香草布置庭堂，充满的芳香溢出了廊门。

九嶷之神纷纷来迎，众神灵降临如云。

将我的衣袖抛入大江，将我的禅衣丢到澧水之中。

沙洲边升起芳香的杜若，愿送给远到的恋人。

机会易失不可多得，暂时逍遥地徜徉。

大司命

题解

《周礼·大宗伯》有关“司命”的记载，即“以燎祀司中，司命”，但并未在该书中发现关于“大司命”的记载。孔颖达在对《星传》的注疏中指出：“三台一名天柱，上台司命，为大尉；中台司中，为司徒；下台司禄，为司空云。司命，文昌宫星者。”大司命是主宰整个人类生命的神。

本篇由男巫饰演大司命，由女巫伴唱。从唱词来看，大司命是和迎神女巫师穿插配合演唱的，所以诗中第一人称和第三人称交错出现，呈现出鲜明的轮唱特点。大司命高高在上，自命不凡，迎神女巫对他的热爱和追求近乎是一厢情愿，也充满了无奈之情。

大司命是主宰人类生死寿夭的神，掌握和支配着人类的生命。从科学角度而言，生、老、病、死是人生的自然法则，在这个法则面前，人们都是平等的，任

何人都无法回避和逃脱。然而，在先民的原始意识中，这个铁面无私的自然法则是另一个世界中的大司命，他威严、冷酷而神秘，是充满阳刚之气的神祇，他的职责和性格虽然和佛教故事中的冥王相类，但却没有冥王那般恐怖。在命运的压力下，人们难免会感到恐惧和焦虑，但无论如何，人们在把握自身生命的同时，不能太过执着于生死。

广开兮天门，纷吾[①]乘兮玄云[②]。

令飘风兮先驱，使涷（dōng）雨[③]兮洒尘。

君迴翔兮以下，逾空桑兮从女。

纷总总[④]兮九州，何寿夭兮在予！

高飞兮安翔，乘清气兮御阴阳。

吾与君兮斋速，导帝之兮九坑。

灵衣兮被被[⑤]，玉佩兮陆离。

壹阴兮壹阳，众莫知兮余所为。

折疏麻兮瑶华，将以遗兮离居。

老冉冉[⑥]兮既极，不寖（jìn）近兮愈疏。

乘龙兮辚辚，高驼兮冲天。

结桂枝兮延伫，羌愈思兮愁人。

愁人兮奈何，愿若今兮无亏[⑦]。

固人命兮有当，孰离合兮可为？

注释

①吾：大司命的自称。②玄云：黑云。③涷雨：暴雨。④总总：盛聚貌。⑤被被：同“披披”，长大貌。⑥冉冉：渐渐。⑦无亏：指身体没有亏损。

译文

（男）打开天宫宽阔的大门，我驾起绵延连接的黑云而来。

我下令旋风做我的先导，令暴雨扫除那空中尘埃。

（女）你盘旋着从天降临，越过空桑山啊降至众巫之间。

（男）九州里有众人千千万万，他们的寿和夭凭我主宰！

（女）我们俩高高地安然飞翔，坐着清明之气驾驭阴阳。

我恭敬地为您做向导，迎接您降临到天帝创造的九州。

（男）我身上的神衣缓缓飘动，我腰间的玉饰闪闪发光。

阴阳生死啊不断地交替，世人怎知这些由我掌握。

（女）我要攀摘神麻玉色的花，将送与隐者他远离开家。

人老了慢慢地趋向垂暮，不亲近大司命愈加生疏。

大司命驾龙车轰轰隆隆，迅速地奔驰向高高天空。

我编织桂树枝徘徊盼顾，越想他越让我思虑无穷。

忧愁啊真让人毫无办法，只愿他像如今一样安康。

原本啊人寿命各有定数，分与和谁又能主宰操纵？

少司命

题解

《少司命》是祭祀少司命的歌舞辞。少司命是一位年轻貌美的女神，主管人间子嗣。宋代罗愿在《尔雅翼》中指出："少司命主人子孙者也。"明末清初的思想家王夫之赞同罗愿的观点，并在《楚辞通释》中指出："弗（祓）无子者祀高禖。大司命、少司命皆楚俗为之名而祀之。"少司命是由高禖演变而来的。

《少司命》是衔接前一篇《大司命》的，当时少司命和大司命已经在场，所以就没有下神和迎神的描写了，但宾主关系有所转变。本篇是扮作少司命的女巫和扮作大司命的男巫的对唱，从唱词内容来看，第一、五、六节应是男巫以大司命的口吻所唱，第二、三、四节应是女巫以少司命的口吻所唱。

本篇是少司命的祭歌，可谓神采飞扬，情意绵绵，包含了楚地民间情歌的情韵。《少司命》中关于爱情的描写，也反映出祭祀者对少司命的爱恋，因此是《楚辞》整本书最动人的诗篇。

《大司命》塑造的大司命很是威严，体现出阳刚之美；《少司命》塑造的少司命温柔多情，体现出阴柔之美。但威严的大司命对女性也充满关切、赞扬和爱护，而多情善感的少司命也有刚毅凛然的一面，不允许自己保护的儿童受到侵犯。

秋兰兮麋芜（mí wú）①，罗生兮堂下。
绿叶兮素枝，芳菲菲兮袭予。
夫人自有兮美子，荪何以兮愁苦！
秋兰兮青青（jīng jīng），绿叶兮紫茎。
满堂兮美人②，忽独与余兮目成。

入不言兮出不辞，乘回风兮载云旗。

悲莫悲兮生别离，乐莫乐兮新相知。

荷衣兮蕙带，儵（shū）③而来兮忽而逝。

夕宿兮帝郊，君谁须兮云之际？

与女游兮九河，冲风至兮水扬波。

与女沐兮咸池，晞（xī）女发兮阳之阿（ē）。

望美人兮未来，临风怳（huǎng）④兮浩歌。

孔盖⑤兮翠旍（jīng），登九天兮抚彗星。

竦长剑兮拥幼艾，荪独宜兮为民正。

①麋芜：香草名。麋，通“蘼”。②美人：指参与祭祀的巫女，代指人间的女性。③儵：同“倏”，迅速。④怳：神思恍惚惆怅。⑤孔盖：孔雀羽毛装饰的车盖。

译文

醉人的秋兰啊纯洁的蘼芜，在堂下的庭院之中恣意盛开。

翠绿叶子衬着洁白小花，清香阵阵迎面而来。

人们都有属于自己的好子女啊，您又为什么担心忧愁！

满屋秋兰青翠茂盛，绿叶扶疏衬着紫茎。

迎神美人济济一堂，独对我凝眸表深情。

她来时无言离时不辞，乘风驾云速到天庭。

悲伤悲不过生生别离，快乐乐不过两心相印。

披上荷衣系上蕙草带，来去迅速啊飘洒如风。

日暮黄昏借宿于帝郊，你为谁等着在云之中？

我多想与你在天河中遨游，但暴风来临水中涌起巨浪。

我愿跟你咸池同沐发，晒着我们的青丝在旸谷。

怀念美人啊久等未到，我临风浩歌深思恍惚。

翎毛为盖啊翠羽饰旌，你登上九天抓住彗星。

手持宝剑啊保护幼童，只有你啊才配主导人们的命运。

东 君

本篇是歌颂太阳神的祭歌。关于东君是日神（太阳神）的说法，最早始于王逸，后人普遍沿用了这一说法。当然，也有人提出了不同的意见，黄震云便在《楚辞通论》中指出，东君是指春神。

篇中由男巫扮演太阳神领唱，众巫扮演观者伴唱。从整篇诗歌来看，开篇和结尾是对太阳神的想象，中间部分描述了人们的祭祀行为。太阳神驾着神车，从东方的扶桑树出发，这便是人间白天的开始。在驾车行进的过程中，太阳神见到了人们祭祀他的场景：鼓瑟钟鸣，唱诗跳舞，好一派热闹隆重的景象！东君的职责很明确，便是为人类带来光明，但这里描写的东君与众不同，他并未趁着暮色悄悄回返，而是为人类的幸福和平继续工作着，他举起长箭去射贪婪成性、想要称霸他方的天狼星，操起天弓防止灾祸降临人间，以北斗为壶觞斟满美酒，洒向大地，为人类赐福，然后才驾车继续前进，直到第二天再次从东方升起。

万物生长靠太阳，对光明之源太阳的崇拜和歌颂是古今中外永恒的文学主题。人们对于太阳的崇拜和歌颂是最虔诚，也是最热烈的。对此，马茂元在《楚辞选注》中做了论述，他认为《九歌》中除《东皇太一》外，《东君》的祭祀场面描写是最喧闹的。

暾（tūn）①将出兮东方，照吾槛（jiàn）兮扶桑②。
抚余马兮安驱，夜皎皎兮既明。
驾龙輈（zhōu）兮乘雷，载云旗③兮委蛇。
长太息兮将上，心低佪兮顾怀。
羌声色④兮娱人，观者憺兮忘归。

緪（gēng）瑟兮交鼓，箫钟兮瑶簴（jù）。

鸣篪（chí）兮吹竽，思灵保[⑤]兮贤姱（kuā）。

翾（xuān）飞兮翠曾，展诗兮会舞。

应律兮合节，灵之来兮蔽日。

青云衣兮白霓裳，举长矢兮射天狼。

操余弧兮反沦降，援北斗兮酌桂浆。

撰余辔兮高驼翔，杳冥冥[⑥]兮以东行。

注释

①暾：指代太阳。②扶桑：神话中日出的地方。③云旗：形容太阳周围有很多云彩。④声色：指太阳东升时的声势和容采。⑤灵保：神巫也。⑥杳冥冥：杳，幽深。冥，黑暗。

译文

耀眼的太阳啊就要从东方缓缓升起，日出之地的光辉啊照射着我的栏杆。

轻轻地抚摸着我的马啊缓步前行，夜色慢慢消散啊天已微微露出了曙光。

乘着我的龙车啊那车声如雷轰隆隆作响，载着旌旗般的云彩缓缓地飘动。

长长地叹息啊我将要直入云霄，低头回望徘徊不定啊心中又舍不得我的故乡。

日出之美景闪耀明朗啊令人欢乐，观赏者留恋美景啊忘记了回家。

琴弦紧绷啊二人相对着击鼓，敲响铜钟啊震动了悬挂钟磬所用的支柱。

演奏起横篪啊吹起那竽笙，想起那神灵的美好节操。

像翠鸟般展开翅膀轻盈地飞翔，神明一同歌唱啊跳起舞来。

跟随着音律和节拍，神明纷纷降下啊多得把太阳都遮蔽。

把青云披作上衣啊用白虹穿作下裳，提起长箭啊射向那凶猛的天狼。

手持木弓啊准备返回太阳西下之地，端起了北斗七星又斟满桂花酒浆。

牢牢地攥住手中的马缰啊高高地飞驰，穿过幽暗深邃的黑夜啊又向东方前行。

河 伯

题解

“河伯”是黄河之神，商周之后被列为天子祭祀的对象，称为“河神”。“河伯”之名最早见于《庄子·秋水》中。按照古代汉族的神话传说，河伯原名“冯夷”，也称“冰夷”。《抱朴子·释鬼》中讲他在过河时淹死了，被天帝任命为河伯，负责管理河川。

诗歌通篇讲述了河伯和洛水女神相恋游玩的故事，以恋歌情歌作为娱神的祭词。男巫扮河伯，与迎神的女巫对唱。

与女游兮九河，冲风起兮横波。
乘水车兮荷盖，驾两龙兮骖螭（cān chī）①。
登昆仑兮四望，心飞扬兮浩荡②。
日将暮兮怅忘归，惟极浦兮寤怀。
鱼鳞屋兮龙堂，紫贝阙兮朱宫，灵何为兮水中？
乘白鼋（yuán）③兮逐文鱼。
与女游兮河之渚，流澌纷兮将来下。
子交手兮东行，送美人兮南浦。
波滔滔兮来迎，鱼隣隣（lín）④兮媵予。

注释

①骖螭：骖，驾驭。螭，螭龙。②浩荡：情绪飞扬，无拘无束。③白鼋：大鳖。④隣隣：通“鳞鳞”，鱼贯而行、次第相连之貌。

译文

与河神你共同去游览九河，风暴猛烈冲击着水波浪。

我们用水为车用荷叶为车盖，神龙驾车螭龙常伴身旁。

登上昆仑山四处眺望，心思飞扬啊水势浩荡。

时光将暮啊惆怅忘归，只有远水牵动我心肠。

鱼鳞扮屋龙纹饰堂，紫贝砌门珠宝饰宫，河伯你为何住在水中？

坐着大白鳖啊追逐花鲤鱼。

我与你遨游于黄河浅滩，看那浩瀚河水缓缓东淌。

与你拱手告别将远行东方，我送你送至这南面水滨。

波浪滔滔前来迎你河伯，鱼儿成群为我送行。

山 鬼

《史记·秦始皇本纪》较早出现“山鬼”一词，原文是“使者从关东夜过华阳平舒道，有人持璧遮使者曰：‘为吾遗滈池君。’因言曰：‘今年祖龙死。’使者问其故，因忽不见，置其璧去，使者奉璧具以闻。始皇默然良久，曰：‘山鬼固不过知一岁事也。’”其实，秦、楚两国相距甚远，本诗所说的“山鬼”并非《史记·秦始皇本纪》中所说的“山鬼”。清代顾成天认为《九歌》中的“山鬼”是巫山神女瑶姬。

山鬼是山中的女神，可能因为不是正神，所以称为鬼。《山鬼》采取内心独白方式，塑造了山鬼这个美丽、率真、痴情的少女形象。本篇由女巫扮演山鬼独唱，演绎了较为简单的情节：山鬼与情人约定某天在一个地方相会，虽然道路异常艰辛，山鬼仍满怀柔情盛装赴约，可她的情人并未到来；不顾狂风暴雨，山鬼仍然痴心等待情人的到来，以致忘了回家，可最终也没等到情人；天色已晚，山鬼不得已回到住所，在风雨声和猿猴的哀鸣声中，山鬼满怀伤心和哀怨。

可以说，《山鬼》通篇让我们看到的是一位少女迂回曲折的爱恋，几乎看不到祭祀的痕迹，但如果将《山鬼》单纯地看作一首情诗，那就错了，古人认为其中还暗示着若即若离的君臣关系。

若有人兮山之阿（ē），被薜荔兮带女罗。
既含睇（dì）①兮又宜笑，子慕予兮善窈窕。
乘赤豹兮从文狸，辛夷车兮结桂旗。
被石兰兮带杜衡，折芳馨兮遗所思。
余处幽篁（huáng）②兮终不见天，路险难兮独后来。
表独立兮山之上，云容容兮而在下。

杳冥冥兮羌昼晦，东风飘兮神灵雨。

留灵修兮憺忘归，岁既晏兮孰华予。

采三秀[3]兮于山间，石磊磊兮葛蔓蔓。

怨公子兮怅忘归，君思我兮不得闲。

山中人兮芳杜若，饮石泉兮荫松柏。

君思我兮然疑作，雷填填兮雨冥冥，猨啾啾兮又夜鸣。

风飒飒兮木萧萧，思公子兮徒离忧。

注释

①睇：微微斜视。②幽篁：幽静的竹林。③三秀：灵芝草。

译文

好像有人穿过了那山拐弯处啊，身上披着薜荔啊腰间还系着松萝。

我眼波流转啊微微一笑，你倾慕着我优美窈窕的身姿。

我驾乘着赤豹啊后面紧随的是彩色狸猫，用辛夷来做车啊用桂枝制成旌旗。

穿上石兰制成的衣裳啊再配上杜衡做的飘带，采下一朵鲜花啊赠给意中人。

我住在这不见天日的竹林深处，坎坷崎岖的路途使我姗姗来迟。

孤零零的一个人站在山的顶端企盼我的意中人，云层深深啊在脚下舒卷自如。

天色晦暗深邃啊白昼如同黑夜般，东风袭来啊神明即将降下雨来。

想留住我的意中人啊让他忘记回，这面庞渐渐苍老啊如何能绽放花容？

我在山间采摘下灵芝，岩石嶙峋崎岖啊藤蔓也多有缠绕。

抱怨心中的你啊忘记归来，你是否也在思念我啊只是没有闲暇。

我这山林里的人儿就像高洁的杜若，渴了就喝石间泉水啊住的也是这森林松柏。

可能你也想我只是心中仍有存疑。轰隆的雷鸣蒙蒙的细雨，啾啾的猿鸣声啊夜已深沉。

凌厉的风声啊树叶翩翩落下来，真心想念着你啊黯然神伤。

国 殇

关于"殇"，戴震在《屈原赋注》中解释为："殇之义二：男女未及冠笄而死者，谓之殇；在外而死者，谓之殇。殇之言伤也。国殇，死国事，则所以别于二者之殇也。"由此可知，国殇指的是为国事而死的人。而本诗是屈原为楚国阵亡将士所写的祭歌。

在屈原生活的楚怀王和顷襄王时代，秦国在战国七雄中后来者居上，扩张势头咄咄逼人，楚国成为秦国攻城略地的主要对象之一。但楚怀王放弃合纵联齐的正确策略，轻信秦国许下的空头诺言，与秦交好，当秦国的诺言终成画饼时，秦楚交恶成为必然。自公元前 313 年（楚怀王十六年）起，秦楚两国便发生多次战争，均以秦胜楚败而告终。据统计，在屈原生前，就有 15 万以上的将士在与秦军的血战中横死疆场。战死疆场的楚国将士因为是战败者，只能暴尸荒野，无人安葬并祭祀他们。正是在这一背景下，放逐中的屈原创作了《国殇》这一不朽名篇。

《国殇》可分为两节，先是描写短兵相接的战斗中，楚国将士奋死抗敌的壮烈场面，继而歌颂他们为国捐躯的高尚志节。诗中描写的战争场面，不是一两次战役的写照，而是对楚国多年争霸历史的典型概括。

操吴戈兮被犀甲，车错毂（gǔ）兮短兵接。
旌蔽日兮敌若云，矢交坠兮士争先。
凌余阵兮躐（liè）余行，左骖殪（cān yì）兮右刃伤。
霾（mái）①两轮兮絷四马，援玉枹（fú）兮击鸣鼓。
天时坠兮威灵怒，严杀尽兮弃原野。

出不入兮往不反，平原忽兮路超远。

带长剑兮挟秦弓，首身离兮心不惩。

诚[2]既勇兮又以武，终刚强兮不可凌。

身既死兮神以灵，子魂魄兮为鬼雄。

①霾：遮掩。②诚：诚然，真正的。

手持吴戈啊身披铠甲，战车交互错乱展开了殊死搏斗。

敌军的旌旗好似乌云般遮天蔽日，流矢交相坠地啊我军的战士们奋勇向前。

敌人侵略我们的阵地啊冲散我军的队列，左侧骖马已死啊右侧的也严重受伤。

把战车的两轮埋掉啊再提紧马腿，我军将士击打起鼓来鼓声震天响。

天道沦落啊神灵发怒，勇士牺牲啊尸体被丢弃在战场。

战士们选择出征就没有想过活着回来，原野莽莽啊路途依然很远。

佩起宝剑啊手持战弓，即使战死沙场啊心中也未曾有过犹豫。

将士们真的是忠贞勇武，自始至终不肯屈服啊敌军无法欺侮。

将士为国牺牲了啊但灵魂永不磨灭，你们的魂魄啊永为鬼中豪杰。

礼 魂

题解

关于《九歌·礼魂》，人们历来就有不同的说法。

一说《礼魂》是前面十篇祭祀各神后的送神曲，王夫之最早提出了这种说法，他认为“凡前十章，皆以其所祀之神而歌之，此章乃前十祀之所通用，而言终古无绝，则送神之曲也”。因为送的不只是神，还包括人鬼，所以称为礼魂而不称为礼神。送神是古代祭祀仪式的最后环节，需要施行最庄重的祭祀礼仪。

一说《礼魂》是对英雄祖先的祭祀，不属于九歌之列。提倡这一说法的学者认为，屈原写这篇祭诗的背景是在楚国两次大败于秦国之后，内容上和《国殇》是有联系的（魂与殇），屈原写完《国殇》后，又采用楚国南方民间丧礼特有的悼念形式写了《礼魂》，表达了对英雄和先烈的崇高礼赞之情，所以将其置于《国殇》之后，可以将其看成是《国殇》的卒章，而绝非《九歌》的送神曲。

《礼魂》由美丽的女巫领唱，男女青年随歌起舞。全诗虽然只是寥寥数语，却将一个盛大的集会场面描绘得激越恢宏，伴随着激烈的鼓点和舞步，传递香草，达到祈神许愿的目的。可以说，《礼魂》也体现了屈原的“香草美人”传统，在一定程度上表达了辞人矢志不渝的报国决心。

成礼①兮会鼓，传芭②兮代舞，姱女③倡④兮容与。
春兰兮秋菊⑤，长无绝兮终古。

注释

①成礼：祭祀结束。②芭：香草名。③姱女：美女。④倡：领唱。⑤春兰兮秋菊：春秋二季祭祀用的香花。

译文

祭奠结束了，钟鼓齐鸣，传递香花啊，交替舞蹈，美女们集体歌唱，姿态自然又大方。

春日我们用兰花祭奠，秋季我们以菊芳祭祀，香火不灭，地久天长！

天问

《天问》是屈原除《离骚》外的又一首重要长诗。王逸在《楚辞章句》中提出：《天问》应该是屈原遭放逐后的作品，「天问」就是「问天」的意思，因为「天尊不可问，故曰天问」。在《天问》中，辞人屈原提出了一百七十多个问题，包括天地万物、人神史话、政治哲学、伦理道德等诸多方面，使人认识到辞人学识渊博、思想博大精深之外，也认识到辞人探求真理的强烈愿望。

《天问》别具语言特色。句式以四言为主，无语尾助词；四句一节，每节一韵，音律和谐；有的一句一问，有的两句一问，有的三句一问，有的四句一问，形式多样；疑问词交相使用。正是由于拥有上述语言特色，《天问》才通篇发问，但却并不呆板乏味，反而是灵活多变，错落有致，反映出辞人缜密的构思以及高超的语言驾驭能力。

从《天问》的最后几个问题可以看出，虽然屈原遭到诋毁，被贬江南，但他仍然是关心国家命运的，胸中满是对楚国故园的依恋和热爱，所以他不可能依照道家的方式超然物外，也不可能像儒家那般积极入世。最终，屈原上穷碧落下黄泉都未果，选择了自沉汨罗江的绝路。

曰：

遂古之初，谁传道之？

上下[①]未形，何由考之？

冥昭瞢（méng）暗，谁能极之？

冯（píng）翼惟像，何以识之？

明明暗暗，惟时何为？

阴阳三合，何本何化？

圜则九重，孰营度之？

惟兹何功，孰初作之？

斡（guǎn）维焉系？天极焉加？

八柱[②]何当？东南何亏？

九天之际，安放安属？

隅隈（yú wēi）多有，谁知其数？

天何所沓？十二焉分？

日月安属？列星安陈？

出自汤（yáng）谷，次于蒙汜。

自明及晦，所行几里？

夜光何德，死则又育？

厥利维何，而顾菟（tù）在腹？

女岐无合，夫焉取九子？

伯强何处？惠气安在？

何阖而晦？何开而明？

角宿未旦，曜灵安藏？

不任汩（gǔ）鸿，师何以尚之？

佥（qiān）曰何忧？何不课而行之？

鸱（chī）龟曳衔，鲧何听焉？

顺欲成功，帝何刑焉？

永遏在羽山[3]，夫何三年不施？
伯禹愎鲧，夫何以变化？
纂就前绪，遂成考功。
何续初继业，而厥谋不同？
洪泉极深，何以窴（tián）之？
地方九则，何以坟之？
河海应龙，何尽何历？
鲧何所营？禹何所成？
康回冯怒，墬（dì）何故以东南倾？
九州安错？川谷何洿（wū）？
东流不溢，孰知其故？
东西南北，其修孰多？
南北顺椭，其衍几何？
昆仑县圃，其尻（kāo）安在？
增城九重，其高几里？
四方之门，其谁从焉？
西北辟启，何气通焉？
日安不到，烛龙何照？
羲和之未扬，若华何光？
何所冬暖？何所夏寒？
焉有石林？何兽能言？

焉有虬龙，负熊以游？

雄虺（huǐ）九首，儵（shū）忽焉在？

何所不死？长人何守？

靡萍（píng）九衢（qú）[4]，枲（xǐ）华安居？

一蛇吞象，厥大何如？

黑水玄趾，三危安在？

延年不死，寿何所止？

鲮鱼何所？鬿（qí）堆焉处？

羿焉彃（bì）日？乌焉解羽？

①上下：上指天，下指地。②八柱：古代传说中以八座山为柱，撑住天空。③羽山：神话中的山名，位于东海。④衢：靡萍长有九个分岔，比喻分支众多，枝叶交叠。

问道：

传说中在远古太初时候，是谁把这样的天地流传给后人？

天地还没有完整地成形以前，如何才能探究清楚？

分不开的明暗天地状态是混沌而蒙昧，谁能将其探究明白？

宇宙天地间迷蒙而又充斥着元气，又怎么认识清楚它？

白天是明亮的而黑夜又是黑暗的，这样的区别是如何形成的？

都说是阴阳交融而化生出了天地万物，那什么是最初的本体，最后又变成了什么？

传说中天是九重天，那有人曾经去环绕测量过吗？

这是多么浩大的工程，是谁最初建筑起了九重天？

天的“轴承”又联系在何处？转动的“天轴”往哪里安插？

八根擎天巨柱立在何方？大地的东南角为何崩塌？

高高的九重天的边界啊，安放在哪里，什么连接它？

天边有多少转角和弯曲，有谁晓得它们的数目啊？

天上日月在哪个地方相合？十二辰又是如何来分划？

太阳月亮为何悬挂天上？群星又怎样罗列成这样？

太阳每日从旸谷走出来，夜晚停宿在蒙汜这地方。

它从天明启程走到天黑，共走了多少里如此一趟？

月亮它具有何种德行啊，逐渐死去跟着逐渐发光？

它上面黑色的东西是什么，难道是一只兔子被养在腹中？

女岐并未结婚也无丈夫，她的九个儿子来自何方？

那风神伯强居于何处？祥瑞惠气又在哪个地方？

为什么天门闭上就是黑暗？天门打开天就明亮？

当东方还没明亮的时候，光辉的太阳在何处躲藏？

说鲧不能承担治理洪水，大家为什么还要举荐他？

人人都说“洪水不必忧愁”，为什么对他不试试再用？

鲧到底有什么德行，可以让神龟帮他治水？

按照鲧的想法治水会成功，帝尧为何仍要把他诛罚？

长期把他囚禁在羽山啊，过了很多年为何不放他？

禹竟从鲧的腹里生出来，如何会产生这样的变化？

大禹继续了前人的事业，最终把父亲的功业完成了。

为何继续鲧最初的事业，大禹却采用不同的方法？

洪水的源头非常的深啊，大禹为什么可以塞住它？

他把全国土地分成九等，这是依据什么进行分划？

应龙尾巴划过哪些地方？江河通过哪些地方入海？

鲧被什么迷惑而治水不成？禹又为什么能治水成功？

共工大怒啊头撞不周山，大地东南方为什么偏斜？

全国九州是怎样设置的，河流水道为何如此深洼？

百川东注入海总装不满，谁能清楚它的原因在哪儿？
大地东西南北间的差距，到底哪个更长哪个更大？
沿着南北看去地形狭长，它比东西差距长多少啊？
巍巍的昆仑山上的县圃，它究竟坐落在山上何处？
那昆仑山上的九层城市，它到底有多少里的高度？
昆仑山上四面的大门啊，是什么人在那进进出出？
开启昆仑山西北的大门，这扇门是哪种风的通路？
太阳可有照不去的地方？这样烛龙所照又是何处？
太阳的车夫还没把鞭扬，若木之花为何就能发光？
究竟什么地方冬天温暖？夏天寒冷的是哪个地方？
哪儿有石头构成的森林？可以说话的是什么野兽？
哪儿会有无角的虬龙啊？载着黄熊在河海里出游？
可怖的雄蛇它有九个头，在哪窜来窜去声音嗖嗖？
是哪个地方有不死之国？他们有何等操守如此长寿？
神奇的靡萍有许多分叉，哪儿生长着奇异的麻花？
一条巨蛇可把大象吞下，那么它究竟应该有多大？
染人手脚的黑水在哪里？青鸟所住的三危山在哪里？
什么地方的人长命不死，他们究竟活到哪天为止？
人面鱼身鲮鱼在哪里长大？吃人魃雀住在什么地方？
后羿为什么要射下太阳？太阳里的乌鸦又流失何方？

禹之力献功，降省下土四方，
焉得彼嵞（tú）山女，而通之於台桑？
闵妃匹合，厥身是继，
胡维嗜不同味，而快鼌（zhāo）饱？
启代益作后，卒（cù）然离蠥（niè），
何启惟忧，而能拘是达？

皆归（kuì）[1]䠷（jú），而无害厥躬。
何后益作革，而禹播降？
启棘宾商，《九辩》《九歌》[2]；
何勤子屠母，而死分竟地？
帝降夷羿，革孽夏民。
胡䠷夫河伯，而妻彼雒（luò）嫔？
冯（píng）珧利决，封狶（xī）是䠷。
何献蒸肉之膏，而后帝不若？
浞娶纯狐，眩妻爰（yuán）谋。
何羿之䠷革，而交吞揆（kuí）之？
阻穷西征[3]，岩何越焉？
化为黄熊，巫何活焉？
咸播秬（jù）黍，莆雚（huán）是营。
何由并投，而鲧疾修盈？
白蜺婴茀，胡为此堂？
安得夫良药，不能固臧？
天式从（zòng）横，阳离爰死。
大鸟何鸣，夫焉丧厥体？
蓱（píng）号起雨，何以兴之？
撰体协胁，鹿何膺之？
鳌（áo）戴山抃（biàn），何以安之？
释舟陵行，何以迁之？
惟浇在户，何求于嫂？
何少康逐犬，而颠陨厥首？
女歧缝裳，而馆同爰止，
何颠易厥首，而亲以逢殆？
汤谋易旅，何以厚之？

覆舟斟寻，何道取之？

桀伐蒙山，何所得焉？

妺嬉（mò xǐ）何肆，汤何殛（jí）焉？

舜闵在家，父何以鳏（guān）？

尧不姚告，二女何亲？

厥萌在初，何所亿焉？

璜台十成，谁所极焉？

登立为帝，孰道尚之？

女娲有体，孰制匠之？

舜服厥弟，终然为害。

何肆犬体，而厥身不危败？

吴获迄古，南岳是止。

孰期去斯，得两男子？

缘鹄饰玉，后帝是飨。

何承谋夏桀，终以灭丧？

帝乃降观，下逢伊挚。

何条放致罚，而黎服大说？

注释

①归：通“馈”，送来。②《九辩》《九歌》：神话中的两部天乐。③阻穷西征：指鲧经历困窘，克服险阻，艰难西行。

译文

大禹治理水患竭尽全力，他还下来考察各地情况。

他怎么遇上涂山国女子，与之相爱并私会于台桑？

可爱涂山姑娘与他结合，因此而得以传宗接代。

二人相隔很远族姓相同，为什么还贪享一时欢畅？

夏启想代替益而做国君，没想到会突然遭到灾殃，
为什么夏启已遭受祸患，却又可以从拘禁中逃亡？
益启两方对战箭矢如雨，启却安然无恙没有损伤；
同是禅让因何伯益失败，而大禹的统治却能昌盛？
夏启匆忙地向天地祭祀，最终获得了《九辩》与《九歌》。
为何夏启出生杀死母亲，使她尸骨分开弃地而亡？
为了夏朝天帝派出夷羿，为解决夏朝百姓的忧虑。
羿为什么又来射瞎河伯，占有那洛水的女神为妻？
夷羿依靠着好弓和善射，专来把那些大野兽猎取。
为何羿用肥美的肉祭祀，而天帝总还是不保佑他？
寒浞想要羿的妻子纯狐，迷人纯狐与他摆下毒计。
羿有着穿破皮甲的力量，为何遭受吞灭被人算计？
鲧死后向西奔路途险阻，高山峻岭他是如何越过？
变成黄熊进到羽山深渊，西方神巫怎样把他救活？
鲧教会了众人播种黑黍，还把地上水草芦苇去除；
鲧与共工等人一起放逐，难道他的罪行不能饶恕？
嫦娥佩戴着精美的服饰，她为何打扮得如此美丽？
她从哪里得来不死仙药，并妥善保管在月宫之中？

自然的规则是阴阳消长，要是阳气消失人就死亡。

王子乔变大鸟还可鸣叫，他原本的躯体怎样消亡？

萍翳发号施令即可降雨，那云雨到底是怎样兴起？

风神天生性情温顺，它为何能够呼风唤雨？

巨龟头托大山四足游移，神山怎么可以稳定不动？

巨人不靠船而陆地行走，如何能把海中六鳌钓去？

寒浇到他嫂子的门前去，他对寡妇嫂子有何要求？

为何少康狩猎驱使猎狗，他却可以砍掉寒浇的头？

浇的嫂子女歧给浇制衣，他俩夜晚却要歇息同房；

少康为何砍下女歧的头颅，亲信之人反而遭殃？

少康计划整顿他的部下，他如何使部队力量壮大？

寒浇既然能够消灭斟寻，少康打败浇用什么方法？

夏桀兴兵讨伐那蒙山国，他在那儿得到了些什么？

妹嬉没什么太过的行为，商汤为什么要把她处罚？

舜已有妻室，为什么说他是鳏夫？

唐尧先前没有告诉舜家，为什么把两位女儿下嫁？

事物萌发之初就有征兆，将来如何谁能预料它？

商纣建成了十层的玉台，谁能够凭借它登高远望？

上古时期的人登位为帝，依据什么原则来推举他？

女娲的身躯变幻无穷，究竟是谁把她身躯制成？

舜对他弟弟象如此和蔼，但最终还是要被象谋害。

为何象如恶狗一般放肆，他自己却没有遭遇危败？

吴国能够可以长久存在，它而且屹立于江南地带。

谁能预料发生这种情况，因为获得两位大贤大才？

伊尹用精美器具烹制美味，将羹肴进献给汤得到赏识。

为何他要假装给夏桀献策，使他最终败亡而失去社稷？

商汤去到民间视察民情，不料在下面遇见了伊尹。

商汤把夏桀流放于鸣条，百姓和诸侯为什么高兴？

简狄[①]在台，喾（kù）何宜？

玄鸟致贻（yí）[②]，女何喜？

该秉季德，厥父是臧。

胡终弊于有扈，牧夫牛羊？

干协时舞，何以怀之？

平胁曼肤，何以肥之？

有扈牧竖，云何而逢？

击床先出，其命何从？

恒秉季德，焉得夫朴牛？

何往营班禄，不但还来？

昏微遵迹，有狄不宁。

何繁鸟萃棘，负子肆情？

眩弟并淫，危害厥兄。

何变化以作诈，后嗣而逢长？

成汤东巡，有莘爰极。

何乞彼小臣，而吉妃是得？

水滨之木，得彼小子。

夫何恶之，媵（yìng）有莘之妇？

汤出重泉，夫何罪尤？

不胜心伐帝，夫谁使挑之？

会鼂（zhāo）[③]争盟，何践吾期？

苍鸟群飞，孰使萃之？

到击纣躬，叔旦不嘉。

何亲揆发足，周之命以咨嗟？

授殷天下，其位安施？

反成乃亡，其罪伊何？

争遣伐器，何以行之？

并驱击翼，何以将之？

昭后成游，南土爰底。

厥利惟何，逢彼白雉？

穆王巧梅，夫何为周流？

环理天下，夫何索求？

妖夫曳衒（xuàn），何号于市？

周幽谁诛，焉得夫褒姒（bāo sì）？

天命反侧，何罚何佑？

齐桓九会，卒然身杀。

彼王纣之躬，孰使乱惑？

何恶辅弼，谗谄是服？

比干何逆，而抑沉之？

雷开阿顺，而赐封之？

何圣人之一德，卒其异方？

梅伯受醢（hǎi），箕子详（yáng）狂。

稷维元子，帝何竺之？

投之於冰上，鸟何燠（yù）之？

何冯（píng）弓挟矢，殊能将之？

既惊帝切激，何逢长之？

伯昌号衰，秉鞭作牧。

何令彻彼岐社，命有殷国？

迁藏就岐，何能依？

殷有惑妇④，何所讥？

受赐兹醢，西伯上告。

何亲就上帝罚，殷之命以不救？

师望在肆，昌何识？

鼓刀扬声，后何喜？

武发杀殷，何所悒（yì）？

载尸集战，何所急？

伯林雉经，维其何故？

何感天抑墬（dì），夫谁畏惧？

皇天集命，惟何戒之？

受礼天下，又使至代之？

初汤臣挚，后兹承辅。

何卒官汤，尊食宗绪？

勋阖梦生，少离散亡。

何壮武厉，能流厥严？

彭铿斟雉，帝何飨？

受寿永多，夫何久长？

中央共牧，后何怒？

蜂蛾微命，力何固？

惊女采薇，鹿何祐？

北至回水，萃何喜？

兄有噬犬，弟何欲？

易之以百两，卒无禄。

薄暮雷电，归何忧？

厥严[5]不奉[6]，帝何求？

伏匿穴处，爰何云？

荆勋作师，夫何长？

悟过改更，我又何言？

吴光争国，久余是胜。

何环穿自闾社丘陵，爰出子文？

吾告堵敖以不长。

何试上自予，忠名弥彰？

①简狄：帝喾的妃子。②致贻：送礼。③鼂：即“朝会”。④惑妇：指纣王宠妃妲（dá）己。⑤厥严：指楚国的威严。⑥奉：保持。

简狄居住在瑶台，帝喾为何要祭祀求福？

燕子将蛋赠送于她，简狄吞食为何怀孕？

亥继承冥的德行，并且得到嘉奖。

为何终究死在有扈氏，在那儿放牛牧羊？

他在有扈执盾跳舞，用什么诱惑那里的女子？

那女人生得丰乳嫩肤，如何能够如此丰美？

有扈氏女子与牧人，是怎样才会相逢的？

如果有扈杀亥之前他未能逃跑，他的命怎样保存？

恒也继承了父德，他怎样得到驾车的大牛？

为何他要到有扈去追求爵禄？

上甲微遵照父祖的道路，使得有扈氏不得安宁。

上甲晚年为何荒淫昏聩？

他的弟弟一起淫乱，以致伤害了他的长兄。

为何小人狡诈多端，其后人却能得到繁盛？

商汤往东巡视，到有莘国停下。

为何本想找到伊尹，却找到有莘氏之女？

传说从水滨的空木里，伊尹诞生。

有莘氏对他有何讨厌，作为陪嫁送与商汤？

汤走出被囚的重泉，他犯了哪些罪过？

不能忍受，讨伐国王，那是受了谁的挑拨？

甲子的早晨在牧野誓师，诸侯们为何都按时而至？

就像那雄鹰一样的勇士，是谁让他们团结一致？

砍断纣王的尸体，周公并不同意。

他为武王亲自谋划平安天下之计，却为何感叹？

天帝把天下给了殷人，王位为何会移转？

使殷朝强大又使其灭亡，这是何人的过错？

诸侯派遣军队，如何调遣行军的部队？

齐头并进，两翼夹攻，是谁的英明坐镇？

周昭王外出巡视，一直到了南方。

他到底是为了什么？去找寻白色的野鸡吗？

周穆王擅长驾马驭策，为何要四方游历？

他的足迹遍行天下，他在追求什么？

妖人沿街相扶兜售，为何他们要吆喝于市？

周幽王要杀死谁？怎么得来祸首褒姒？

天命反复无常，它惩罚谁又保佑谁？

齐桓公多次会盟诸侯，最终却被奸臣谋杀。

那殷纣王的性情为人啊，是谁让他变成糊涂昏庸？

他为何讨厌辅佐他的贤臣，而重用那些奸邪的小人？

比干有何触犯他的地方，而被压迫埋没？

雷开对待纣王是怎样的顺从，为何被封赏？

为何圣人有共同的美德，他们最终结果却不同？

梅伯直谏被剁成肉酱，箕子见纣王拒谏而装疯。

后稷是帝喾的长子嫡出，帝喾为什么对他这样厌恶？

稷被丢弃在冰上，群鸟为什么要护着他？

为什么稷还能操弓执箭，用特殊的本领指挥作战？

他出生既然使天帝吃惊，为何还让他兴盛繁荣？

西伯昌在乱世发令，统率诸侯握有权柄。

武王为何舍弃了岐地的宗社，却能占有商朝秉承天命？

周太王迁居岐山，众百姓为何要跟随？

殷纣身边有个惑乱的妲己，众忠臣为何还要劝谏？

西伯昌接到纣王赐给的肉汤，他上告天帝。

纣王因而受天帝惩罚，殷商由此难延命运。

姜太公栖身市井，西伯昌如何识其才能？

太公操刀而歌，西伯昌何以大喜？

武王讨伐纣王，为何那样心怀愤恨？

载着文王的灵牌会战，为何那样迫切？

纣王自杀，那是什么原因？

讨伐纣王是多么感动天地，那他还有何畏惧担忧？

他为什么要向上天吁告？为何又让位与周人？

纣王受命管治天下，又为何让他人取代？

最初汤选用伊尹，后来他做了国相辅佐。

死了后如何配享成汤，享受正宗的祭祀？

功绩赫赫的阖闾是寿梦的孙子，从小却遭遇流亡的命运；

为什么长大后英勇威武，成为声威远扬的国君？

彭铿擅长烹野鸡汤，天帝为何欢喜品尝？

他寿命这么长，为何能获得如此长寿？

为什么召、周二人共理国政，厉王为什么生气？

百姓身份低微，这力量为何这样强大？

伯夷叔齐采薇为食，却被妇女提醒采的是周薇，白鹿为何要帮他们的忙？

向北而来到首阳山，他们为什么感激？

秦景公有一头猛狗，他弟弟为何想弄到手？

拿百辆车来换，最后连爵禄也不能留住。

傍晚时电闪雷响，回家去为何心慌？

国家尊严不保，求天帝有什么用处？

我就算蛰居山洞，有什么感叹哀伤？

楚国不断大举兴兵，国运岂能长久？

只要你悔改过错，我哪有什么话讲？

吴国与我国相争，多年来一直战胜我们。

子文的父母穿过村子倒了山丘，又怎会生出贤明的子文？

我说堵敖不会长久。为何成王弑兄自立，他的忠诚名声更加显著？

九章

《九章》是屈原九首辞的统称，分别是《惜诵》《涉江》《哀郢》《抽思》《怀沙》《思美人》《惜往日》《橘颂》和《悲回风》。总体而言，这九首辞风格大体相似，都抒发了“思君念国，忧心罔极”之情。西汉刘向在编辑《楚辞》时首次提出“九章”一词，甚至有人推测他是“九章”的命名者。

关于《九章》创作的时间与地点，学术界有不同的观点。东汉班固认为《九章》创作于顷襄王时期，当时屈原已经被流放江南。朱熹认为《九章》各篇创作不在一时一地。清初的林云铭认为《惜诵》《思美人》和《抽思》三首是屈原在怀王时创作于汉北，其他六首是屈原在顷襄王时创作于江南(《楚辞灯》)。

《九章》的思想内容和《离骚》十分接近，反复抒发了辞人的理想，揭露和批判了楚国的黑暗政治，描写了自己被疏远或被流放在外的经历、处境以及苦闷悲愤的心情。

惜诵

题解

《惜诵》是《九章》中的第一篇，得名于首句“惜诵以致愍兮”。

关于“惜诵”两字的意思，历来就有不同的解释。如王逸《楚辞章句》说：“惜，贪也。诵，论也。”洪兴祖《楚辞补注》说：“惜诵者，惜其君而诵之也。”朱熹《楚辞集注》说：“惜者，爱而有忍之意。诵，言也。”王夫之《楚辞通释》说：“惜，爱也。诵，诵读古训以致谏也。”除此外，林云铭、蒋骥、戴震、姜亮夫、游国恩等都对“惜诵”两字做了解释。可以说，自王逸以来的各家说法均有合理成分，但结合本篇意旨和《离骚》相近来看，“惜诵”的意思是以痛惜的心情来陈述因直言进谏而遭谗被疏的事情。

关于本篇的创作时期，历来就有两种意见，一种认为创作于怀王时期，另一种认为创作于顷襄王时期。如汪瑗便在《楚辞集解》中指出：“大抵此篇作于谗人交构、楚王造怒之际，故多危惧之词，然并未放逐也。”和汪瑗一样，多数学者认为《惜诵》创作于怀王时期。

惜诵以致愍（mǐn）[①]兮，发愤以抒情。
所作忠而言之兮，指苍天以为正。
令五帝以枏（xī）中兮，戒六神与向服。
俾（bǐ）山川以备御兮，命咎繇[②]使听直。
竭忠诚以事君兮，反离群而赘肬（zhuì yóu）[③]。
忘儇（xuān）媚以背众兮，待明君其知之。
言与行其可迹兮，情与貌其不变。
故相臣莫若君兮，所以证之不远。

吾谊先君而后身兮，羌众人之所仇。

专惟君而无他兮，又众兆之所雠（chóu）。

壹心而不豫兮，羌不可保也。

疾亲君而无他兮，有招祸之道也。

思君其莫我忠兮，忽忘身之贱贫。

事君而不贰兮，迷不知宠之门。

忠何罪以遇罚兮，亦非余心之所志。

行不群以巅越兮，又众兆之所咍（hāi）。

纷逢尤以离谤兮，謇（jiǎn）不可释。

情沉抑而不达兮，又蔽而莫之白。

心郁邑余侘傺（chà chì）④兮，又莫察余之中情。

固烦言不可结诒（yí）兮，愿陈志而无路。

退静默而莫余知兮，进号呼又莫吾闻。

申侘傺之烦惑兮，中闷瞀（mào）之忳忳。

注释

①愍：忧伤的样子。②咎繇：即皋陶（gāo yáo），舜时贤臣。③赘肬：多余的肉瘤。④侘傺：怅然失意之貌。

译文

由于直言进谏而招来不幸，我想要一吐内心的激愤和幽怨。

向天指誓从未与君王有过二心啊，就让上天来为我做证。

让五方神明都来做个裁决吧，让六宗之神为我做证。

各方神圣都来做证和陪审啊，让皋陶做出公平的裁决。

我对国君啊竭诚尽忠，却被小人们当作多余！

我不会阿谀寡不敌众，只有等君王明察我衷！

言谈与行为能够印证，表情与内心相互照应；

没有人比君王更清楚臣子，您就近观察就能够验明。

我同意先君后私，受群小白眼仇恨；

我心中只有国君，被众人咬牙切齿。

专一而毫不怀疑，反而保不住自身；

尽力侍君无他心，却招祸患来袭击！

没有人比我对君王更忠贞，我忽然忘记自己出身贫贱。

服务于君王我绝没有二心，但愚昧的我全然不懂取宠的方法。

忠心耿耿为何有罪受罚？我不知晓其中缘由。

行为不合群俗被群小绊倒，又惹来众人的热讽冷嘲。

谴责诽谤啊纷纷扰扰，巧言加罪我不能解释。

我心情抑郁感情低沉，受人蒙骗而无处辩诬。

心中愁苦我失意徘徊，又没有谁能明了我的苦衷。

满腔郁闷啊无法封寄，想面陈心思却无路可通。

我退下沉默无人知情啊，前去呼号又没有人肯听。

一再失意心烦意乱啊，我心中郁闷昏沉十分怅惘。

昔余梦登天兮，魂中道而无杭①。

吾使厉神占之兮，曰有志极而无旁。

终危独以离异兮，曰君可思而不可恃。

故众口其铄金兮，初若是而逢殆。

惩于羹者而吹整（jī）兮，何不变此志也？

欲释阶而登天兮，犹有曩（nǎng）之态也。

众骇遽以离心兮，又何以为此伴也？

同极而异路兮，又何以为此援也？

晋申生②之孝子兮，父信谗而不好。

行婞（xìng）直而不豫兮，鲧功用而不就。

吾闻作忠以造怨兮，忽谓之过言。

九折臂而成医兮，吾至今而知其信然。

矰弋（zēng yì）机而在上兮，罻（wèi）罗张而在下。

设张辟以娱君兮，愿侧身而无所。

欲儃（chán）佪[③]以干傺（gān chì）兮，恐重（chóng）患而离尤。

欲高飞而远集兮，君罔谓汝何之。

欲横奔而失路兮，坚志而不忍。

背膺牉（pàn）以交痛兮，心郁结而纡轸（yū zhěn）[④]。

梼（dǎo）木兰以矫蕙兮，糳（zuò）申椒以为粮。

播江离与滋菊兮，愿春日以为糗（qiǔ）芳。

恐情质之不信兮，故重著以自明。

矫兹媚以私处兮，愿曾（céng）思而远身！

注释

①杭：通“航”，这里指渡船。②申生：春秋时期晋献公的太子。③儃佪：徘徊不去。④纡轸：委屈而隐痛。

译文

我曾在梦里翱翔在天空啊，灵魂飘扬中途却中止无路可走。

让厉神为我算一卦吧，他说我的志向太高远却没有同伴。

我问难道我最终将孤独被君王疏远吗，他说君王可以思念但不可以依靠。

因为从来都是众口铄金啊，你就是太忠心、太耿直才会遭到祸患。

人若是被热羹烫过连吃凉菜也会吹一吹，你又为何依旧不改初衷？

不想用天梯就想要登上九重天，你还是坚持着从前那样的态度。

众人远离你不和你同心啊，你又怎能与他们同心结盟？

都想获得君王的恩宠但信念迥异啊，那他们又怎么可能会来援助你？

晋国公子申生是著名的孝子啊，但父亲还是听信了谗言想逼死儿子。

言行品德正直而不宽和啊，鲧的功业却因此没有完成。

我听说忠心辅佐君王容易与人结仇，我不以为意还以为这种说法是夸张的。

手臂多次折断受伤时间久了就成了良医，到今天我才醒悟过来此言不假。

短箭装好对着天上啊，地上张开的就是大网。

到处都是掩藏着的君王的陷阱，哪里是我可以栖身落脚的地方。

徘徊不停不肯离去以求留在君王您身边，可又害怕再一次惹上祸端。

远走高飞吧远离这尘世，君王啊你是否还会问我我将要去哪里?

想放弃正路像小人那样肆意乱窜啊，可我又一向心坚志专。

后背前胸好像裂开了一样刺骨地疼痛啊，心乱如麻痛得钻心难忍。

将木兰捣碎再与香草搅拌混合啊，把申椒磨细了做成点心。

再播下江离和菊花的种子啊，等到第二年的春天就可以做成满是香气的干粮。

总是害怕我的真情无法被表达出来啊，因此多次反复地表述衷心。

我将要远离尘世隐蔽起来保持自己的美德啊，希望可以深思之后躲避喧嚣。

涉江

《涉江》是一首纪行诗，也是一首抒情诗。关于《涉江》的题旨，王逸在《楚辞章句》中说："此章言己佩服殊异，抗志高远，国无人知之者，徘徊江之上，叹小人在位，而君子遇害也。"汪瑗在《楚辞集解》说："此篇言已行义之高洁，哀浊世而莫我知也。欲将渡湘沅，入林之密，入山之深，宁甘愁苦以终身，而终不能变心以从俗，故以'涉江'名之，盖谓将涉江而远去耳。"上述两种意见均较为准确地概括出了《涉江》的主题思想，后代学者所做相关阐释大多与之相同。

关于《涉江》的创作时期，却存在很大分歧，大致可分为如下四种：一是创作于怀王时期，这种意见以汪瑗为代表；二是创作于顷襄王初年，这种意见以林云铭和戴震为代表；三是创作于被放逐期间，时间约为顷襄王九年左右，这种意见以蒋骥为代表；四是认为创作于屈原临死前，这种意见以郭沫若为代表。比较上述各种意见，一般认为汪瑗之说不可取，因为《涉江》内容上并不平和，创作于放逐之后的情景更为明显。在创作于顷襄王时代的说法中，要数蒋骥之说更为可取，因为从《涉江》全篇来看，此时屈原已经对楚王完全失望，与《离骚》等创作于中年的作品不同，虽然具体创作年代尚有待商榷，但大致可认为是屈原晚年的作品，那时他已经被流放江南多年。

余幼好此奇服兮，年既老而不衰。
带长铗（jiá）[①]之陆离[②]兮，冠[③]切云[④]之崔嵬（wéi）[⑤]。
被（pī）明月兮佩宝璐。
世溷（hùn）浊而莫余知兮，吾方高驰而不顾。
驾青虬兮骖（cān）白螭，吾与重华游兮瑶之圃。

登昆仑兮食玉英，与天地兮同寿，与日月兮同光。
哀南夷之莫吾知兮，旦余济乎江湘[6]。
乘[7]鄂渚而反顾兮，欸秋冬之绪风。
步余马兮山皋，邸余车兮方林。
乘舲（líng）船余上沅兮，齐吴榜以击汰。
船容与而不进兮，淹回水而疑滞。
朝发枉陼（zhǔ）兮，夕宿辰阳。
苟余心其端直兮，虽僻远之何伤。
入溆浦[8]余儃佪兮，迷不知吾所如。
深林杳以冥冥兮，猨狖（yuán yòu）之所居。
山峻高以蔽日兮，下幽晦以多雨。
霰（xiàn）雪纷其无垠兮，云霏霏而承宇。
哀吾生之无乐兮，幽独处乎山中。
吾不能变心而从俗兮，固将愁苦而终穷。
接舆髡（kūn）首兮，桑扈臝（luǒ）行。
忠不必用兮，贤不必以。
伍子逢殃兮，比干菹醢（zū hǎi）。
与前世而皆然兮，吾又何怨乎今之人！
余将董道[9]而不豫兮，固将重昏而终身！
乱曰：
鸾鸟凤皇，日以远兮。
燕雀乌鹊，巢堂坛兮。
露申[10]辛夷，死林薄兮。
腥臊并御，芳不得薄兮。
阴阳易位，时不当兮。
怀信侘傺，忽乎吾将行兮！

注释

①长铗：长剑。②陆离：长的样子。③冠：戴。④切云：很高的帽子。⑤崔嵬：很高的样子。⑥江湘：长江和湘水。⑦乘：登也。⑧溆浦：溆水之滨。⑨董道：坚守正道。⑩露申：即瑞香花。

译文

我从小就喜欢奇异的装束，年纪大了这爱好依然没有消退。

长长的宝剑配在腰间啊，高高的通天冠戴在头上。

披着璀璨的夜明珠，佩戴着闪亮的美玉。

世俗昏乱不明了，我才远走高飞不再回头。

青龙和白龙啊驾着车辆，我和大舜共游琼林玉圃。

来这神秘的昆仑山上，玉树的花朵当作粮食，我将和天地比寿，我将和日月同光。

痛心朝廷里缺乏知音，天一亮我就去浪游江湘。

登上鄂渚的高岸回头而望，感受秋冬之交的余风。

暂时将马儿放在山坡水边，将车子停在山林中。

乘坐篷船我溯上沅江，艄公的大桨一同击打水波。

船儿却徘徊不前啊，在洄水中旋转游荡。

早上从枉陼出发，夜晚才到辰阳。

只要我的心底端直刚正，道路僻远那又怎样！

进到溆浦我彷徨不前，心中迷糊不知去何方。

一片片山林茂密而幽暗啊，这是猿猴的栖身之所。

高高的山峰啊将日光遮蔽，山下纷纷的雨水啊迷迷蒙蒙。

雪花纷飞无边无际，阴云浓雾天空蔓延。

可怜我一生没有欢乐，幽暗独处于深山之中。

我不能变心随顺世俗，故而落得终身愁苦困穷。

以前接舆装疯剃光头发，隐士桑扈出行老是裸体。

忠心耿耿啊不被重用，贤德之人也未必发挥才能。

最终伍子胥遭到了祸患啊，比干也被剁成了肉酱。

先贤们都是如此下场啊，我又有什么理由来抱怨当今的君上！

但我依然要毫不动摇地坚持正义，哪怕我这一生都在困苦中度过！

尾声：

鸾鸟与凤凰啊，一天天地远去了。

燕雀与乌鹊啊，在庙堂里搭巢做窝。

瑞香和辛夷啊，在杂草丛生的地方死掉了。

腥臊的秽草都可以被取用啊，芳香的佳卉却无法靠近君王。

黑白颠倒阴阳错位啊，眼下这世道真是混沌不堪。

我忠心耿直却有志不得，我还是别再犹豫了即刻远行。

哀郢

郢是楚国的都城，屈原的故乡。一般认为《哀郢》创作于楚顷襄王二十一年（公元前 278 年）。据《史记·屈原列传》记载，楚顷襄王立，令尹子兰谗害屈原，屈原被流放到江南之野（郢都附近长江以南之地）。《楚世家》又载，顷襄王元年，“秦大破楚军，斩首五万，取析十五城而去”。秦军沿汉水而下，郢都震动。屈原被流放，也就在此时。楚顷襄王二十一年，秦将白起攻破郢都（在今湖北省江陵县），国家迁都，百姓流亡，屈原写下这首哀悼郢都沦亡的诗篇，抒写自己对故都的眷恋之情。

《哀郢》结构上最为独特的地方是采用了倒叙手法。从九年前秦军入侵楚国，屈原被放逐，他随流亡的百姓一起东行写起，进而抒发辞人创作此诗时的心情，使得辞人自被流放以来难以忘记的一幅幅悲惨的画面，一幕幕催人肝肺的情景，得以深刻体现出来。可以说，全诗共分五层，四句一节，每层三节。其中，前三层为回忆；第四层抒发了辞人创作此诗时的心情；第五层是作者对于造成国家及个人悲剧原因的深沉思索。乱辞部分可视为第六节，从情志和结构两方面概括全诗，抒发了辞人日夜思念郢都，却因为被放逐没法回朝廷效力，满是痛苦与悲伤的心情。

皇天之不纯命兮，何百姓之震愆（qiān）？
民离散而相失兮，方仲春而东迁。
去故乡而就远兮，遵江夏以流亡。
出国门而轸（zhěn）怀①兮，甲之鼂（zhāo）吾以行。
发郢都而去闾（lǘ）②兮，荒忽其焉极？

楫齐扬以容与兮，哀见君而不再得。

望长楸（qiū）而太息兮，涕淫淫其若霰（xiàn）。

过夏首而西浮兮，顾龙门而不见。

心婵媛而伤怀兮，眇不知其所蹠（zhí）。

顺风波以从流兮，焉洋洋而为客。

凌阳侯之氾滥兮，忽翱翔之焉薄。

心絓（guà）结而不解兮，思蹇产而不释。

将运舟而下浮兮，上洞庭而下江。

去终古之所居兮，今逍遥而来东。

羌灵魂之欲归兮，何须臾而忘反。

背夏浦而西思兮，哀故都之日远。
登大坟以远望兮，聊以舒吾忧心。
哀州土之平乐兮，悲江介之遗风。
当陵阳之焉至兮，淼南渡之焉如？
曾不知夏之为丘兮，孰两东门[3]之可芜？
心不怡之长久兮，忧与愁其相接。
惟郢路之辽远兮，江与夏之不可涉。
忽若不信兮，至今九年而不复。
惨郁郁而不通兮，蹇侘傺而含戚。
外承欢之汋约兮，谌荏弱而难持。
忠湛湛而愿进兮，妒被离而鄣之。
尧舜之抗行[4]兮，瞭杳杳而薄天。
众谗人之嫉妒兮，被以不慈之伪名。
憎愠惀（yùn lǔn）之修美兮，好夫人之忼慨。
众踥蹀而日进兮，美超远而逾迈。
乱曰：
曼[5]余目以流观兮，冀壹反之何时？
鸟飞反故乡兮，狐死必首丘。
信非吾罪而弃逐兮，何日夜而忘之？

①轸怀：痛心。②去间：离开居住的地方。③两东门：郢都两个东门。④抗行：德行高尚。⑤曼：本义长，这里是伸展的意思。

上苍反复无常啊，为什么宗族亲贵们这样惊慌失措？
百姓流离失所家破人亡啊，早春二月就向东方流亡。

远离了家乡郢都啊，沿着江水夏水匆忙地逃亡。

走出了故乡的城门心中阵阵地痛楚啊，甲日的早晨我启程上路。

从郢都启程远离了故乡，我心中迷惘不知道该去哪里。

摇起船桨船儿徘徊不前啊，我哀伤的是从今以后再见不到君王您了。

看到楸树不禁伤感满怀，流下了雪珠般伤心的泪。

途经夏水再驶向东漂荡啊，回望故都的城门已看不清楚。

心里是多么不舍啊满怀忧伤，看不见前途啊哪里才是我可以落脚之地。

风波卷起顺流而下啊，从今以后我就是一个无家可归的流浪人。

乘着层层翻滚的浪花，就像是鸟儿不知该停在何方。

心思总是积郁而不能解开，愁绪满怀也得不到倾吐。

我掉转船头啊沿江东下，过了洞庭湖就进到长江。

远离世世代代居住之地，如今飘飘荡荡来到东方。

我的灵魂时常都想回去，没有一时一刻遗忘家乡。

背向夏浦想念西边郢都，郢都越离越远叫人悲伤。

登上水边高地纵目远眺，暂时舒展我的九曲愁肠。

哀叹楚国曾经富饶安乐啊，悲伤的是江边还保有着淳朴风气。

抵达陵阳之后该向何处去，向南经过长江又到哪儿去。

竟不知京城宫殿变丘墟，谁知东门是否已经荒芜？

长久以来都是心结抑郁难舒啊，忧愁与苦闷接连不断。

回郢都的路途是这般遥远啊，长江夏水已经难以渡过。

心中恍惚好像离开故土不久，如今离开郢都已有九年。

情志不畅抑郁难舒啊，心中满是凄凉忧愁苦恼。

小人们表面顺从楚王啊，实际上却没有可以辅佐国政的能力。

忠厚之人想要有番作为啊，但小人却从中阻止。

尧舜的节操何其高尚，他明智悠远高接苍穹。

众谗人嫉妒他们，遭受了不慈的恶名。

君王憎恨忠臣的高风亮节，反而青睐谗人的巧言令色。

小人献媚反倒渐渐高升，君子高远反被疏远。

尾声：

敞开视野向四下里望去，何时能够返回故土郢都？

飞鸟最终还是会回到自己的巢，狐狸死了还会把头朝向出生的地方。

真的不是因为我的罪行而遭此磨难啊，我何时忘记过它啊郢都我的故乡？

抽 思

题解

本篇为屈原被疏远后，迁至汉北时所作。《抽思》的篇名，取自“少歌”第一句“与美人抽思兮”的“抽思”两字。关于“抽思”的解释，王逸《楚辞章句》认为：“为君陈道、拔恨意也。”朱熹在《楚辞集注》中说：“抽，拔也。思，意也。”王夫之《楚辞通释》认为：“抽，绎也。思，情也。”蒋骥《山带阁注楚辞》以为：“抽，拔也。抽思，犹言剖露其心思，即指上陈之耿著言。”综上所述，抽，抒写；思，思绪。“抽思”就是把蕴藏于心灵深处的无限思绪抒写出来。结合屈原人生历程和诗歌内容来看，这种思绪实际上就是急于回到郢都去，以实现自身的政治理想的迫切心情。

本篇可分为两部分：从开篇到“少歌”部分，辞人追写先前谏君不听，被怀王疏远的情状；从“倡”以下部分，辞人抒发了自己被流放到汉北后思念郢都却又欲归不得的痛苦心情。

可以说，缠绵深沉、细腻真切的怨愤之情贯穿此诗的始终，紧扣诗题“抽思”，时时与之相照应。纵观全诗，《抽思》洋溢着作者回朝从政的强烈愿望，也没有流露出对君王的失望，没有提到死，而这恰恰说明，屈原此时在政治上只是刚刚碰壁而已。

心郁郁之忧思兮，独永叹乎增伤。
思蹇产[①]之不释兮，曼遭夜之方长。
悲秋风之动容兮，何回极之浮浮[②]。
数（shuò）惟荪之多怒兮，伤余心之忧忧。
愿摇起而横奔兮，览民尤以自镇。

结微情以陈词兮，矫以遗夫美人。

昔君与我诚言兮，曰黄昏以为期。

羌中道而回畔[3]兮，反既有此他志。

憍（jiāo）[4]吾以其美好兮，览[5]余以其修姱（kuā）[6]。

与余言而不信兮，盖为余而造怒。

愿承间而自察兮，心震悼而不敢。

悲夷犹而冀进兮，心怛（dá）[7]伤之憺憺（dàn）[8]。

兹历情以陈辞兮，荪详（yáng）聋而不闻。

固切人之不媚兮，众果以我为患。

初吾所陈之耿著兮，岂至今其庸亡？

何毒药之謇謇（jiǎn）[9]兮？愿荪美之可完。

望三五以为像兮，指彭咸[10]以为仪[11]。

夫何极而不至兮，故远闻而难亏。

善不由外来兮，名不可以虚作。

孰无施而有报兮，孰不实而有获？

少歌[12]曰：

与美人抽怨兮，并日夜而无正。

憍吾以其美好兮，敖（ào）朕辞而不听。

倡[13]曰：

有鸟自南兮，来集汉北[14]。

好姱佳丽兮，牉（pàn）独处此异域。

既茕独而不群兮，又无良媒在其侧。

道卓远而日忘兮，愿自申而不得。

望北山而流涕兮，临流水而太息。

望孟夏之短夜兮，何晦明之若岁！

惟郢路之辽远兮，魂一夕而九逝。

曾不知路之曲直兮，南指月与列星。

愿径逝而未得兮，魂识路之营营。

何灵魂之信直兮，人之心不与吾心同！

理弱而媒不通兮，尚不知余之从容。

乱曰：

长濑湍流，泝江潭兮。

狂顾南行，聊以娱心兮。

轸石崴嵬（wēi wéi）[15]，蹇吾愿兮。

超回志度，行隐进兮。

低佪夷犹，宿北姑兮。

烦冤瞀容，实沛徂兮。

愁叹苦神，灵遥思兮。

路远处幽，又无行媒兮。

道思作颂，聊以自救兮。

忧心不遂，斯言谁告兮。

注释

①蹇产：抑郁忧思。②浮浮：变动不定的样子。③回畔：改道。④侨：通“骄”。⑤览：展示给他人。⑥修姱：美好。⑦怛：痛苦。⑧憺憺：心情不安。⑨謇謇：忠贞的样子。⑩彭咸：殷商时候的贤人。⑪仪：楷模。⑫少歌：对前一部分内容起小结作用的乐章组成部分。⑬倡：通“唱”。⑭汉北：汉水以北。⑮崴嵬：石头高低不平。

译文

思绪复杂啊忧心忡忡，自顾自地伤感叹息连连。

左思右想啊如何也不能想通，漫长的夜晚啊不能入睡。

萧瑟的秋风猛烈地撼动外物，天地为什么也在冷冷秋风中摇摆。

君王您曾多次地对我生气发怒，这使我忧虑不安、心有余悸。

有的时候真想快步地离开啊，但看到水深火热中的百姓又不忍离去。

总结这微情作为陈词啊，向君王表示我的心意。

君王你之前与我是有过约定的啊，傍晚时分约定好见面。

谁曾想到你中途改变主意了，转身又有了自己的想法。

总是向我显示他的美好啊，一直对我炫耀他的才能。

全然不记得曾对我讲过的话啊，为什么莫名其妙地对我发怒生气。

原本想找个机会辩明我的清白啊，可是我心存害怕不敢表明。

内心悲伤忧郁苦恼郁闷啊，难过伤感忧心忡忡。

把心中所想向你倾诉啊，但君王却假装听不见。

刚正不阿之人从来不懂谄媚啊，我也成了小人的眼中钉。

那时候我说得那么清楚啊，到现在您都想不起来了吗？

为何我永远都是这般耿直啊，目的是希望您成为贤德明君。

愿您以三王五霸为榜样啊，愿您以彭成作为自己的模范。

如果真的能做到这些我们就什么都能成功啊，楚国的威望誉满天下。

好的名声只会来自自身的品德修养，名声不会凭空出现。

不付出怎会有回报啊，不播种哪里得收获？

少歌说：

向君王表达自己的心迹啊，从早到晚君王也没有给我公平。

一味地夸耀他的美好啊，傲慢地根本不理会我的辩白。

唱说：

有只鸟儿飞自南方啊，在汉水以北落脚停歇。

它的羽毛是这般美丽啊，漂泊至异乡形单影只。

孤零零的连一个伴侣都没有，也没有好的媒人帮助扶持。

岁月匆匆早已被人忘记啊，想一诉衷肠啊却没有办法见到君王。

远望北山泪水涟涟地流淌啊，眼望着潺潺流水只有叹息和忧伤。

原本初夏之夜短暂而易逝啊，不能入眠度日如年究竟是为何！

离郢都已经是非常遥远的啊，可是我的灵魂却可以在梦中来往故土。

不知道道路的艰辛曲折啊，借着月亮与星星向南走去。

真希望立刻来到郢都啊可是君王却并不接纳，只有我的魂魄认得清回家的路。

为何我的性格品行就是耿直不屈啊，他人的心思想法都和我迥然不同！

信使孱弱没有媒人替我沟通啊，也没有人了解我磊落坦荡的胸怀。

乱辞称：

流水湍急经过长长的浅滩，顺着深潭啊我逆流而上。

心神狂乱想要南行，借此安慰我愁苦的心怀。

路上的石头多嶙峋不平，使我归回故土的路更加艰难。

徘徊踟蹰啊我犹豫不决，身体还缓慢地在路途中行走。

一会儿走一时停，夜晚就在北姑留宿过夜。

满怀愁苦忧思烦乱啊，这回家的路真是千辛万苦。

忧思烦扰黯然神伤啊，灵魂仍在思念我不舍的故乡。

路途遥远啊地处偏僻，能够替我转述真情的人都没有。

把苦闷和忧伤写成歌词，借此抚慰我的心怀啊。

诸事不顺抑郁难忍啊，谁又能倾听我内心的衷情。

怀 沙

题解

本诗作于屈原临死前，一般认为本诗是辞人的绝命词。

对于本诗的篇名“怀沙”，历来就有不同的意见。洪兴祖《楚辞补注》和朱熹《楚辞集注》认为是“怀抱沙石以自沉”。汪瑗《楚辞集解》认为是“怀者，感也。沙，指长沙”。蒋骥《山带阁注楚辞》与汪瑗见解相同，认为是“曰怀沙者，盖寓怀其地（指长沙），欲往而就死焉耳”。

《史记·楚世家》指出楚始祖熊绎封于丹阳（今湖北秭归县东），而依据《方舆胜览》所载：“长沙郡治内有熊湘阁，以熊绎始封之地而名。”唐代张正言于《长沙风土碑》中也指出：“昔熊绎始在此地。”熊绎时候的封地，大抵北以丹阳为中心，南以长沙为据点。屈原自沉汨罗江，汨罗在长沙的近旁。到长沙死节，一是由于“江与夏之不可涉”的客观缘由；二是出于“狐死必首丘”的乡国之情。

综合诗歌情感内容以及上述关于屈原身世经历的记载，可知“怀沙”更有可能是“怀抱沙石以自沉”的意思。

辞人创作此诗时死志已坚，心情平静，真可谓视死如归。辞人与众不同之处在于：他没有将笔墨诉诸对个人不幸遭遇的感伤上，而是始终和思想抱负实现与否相联系，期冀通过自己的死来激励君主、震撼民心，唤起国君和国民精神上的觉醒。

滔滔[①]孟夏兮，草木莽莽。
伤怀永哀兮，汩（yù）[②]徂[③]南土。
眴（xuàn）兮杳杳，孔静幽默。
郁结纡轸（yū zhěn）兮，离慜（mǐn）而长鞠。

抚情效志兮，冤屈而自抑。
刓（wán）方以为圜（yuán）兮，常度未替。
易初本迪兮，君子所鄙。
章画志墨兮，前图未改。
内厚质正兮，大人所盛。
巧倕（chuí）不斫兮，孰察其拨正。
玄文处幽兮，矇瞍（méng sǒu）谓之不章。
离娄微睇（dì）兮，瞽（gǔ）以为无明。
变白以为黑兮，倒上以为下。
凤皇在笯（nú）兮，鸡鹜翔舞。
同糅玉石兮，一概而相量。
夫惟党人鄙固兮，羌不知余之所臧。
任重载盛④兮，陷滞而不济。
怀瑾握瑜兮，穷不知所示。
邑犬之群吠兮，吠所怪也。
非俊疑杰兮，固庸态也。
文质疏内兮，众不知余之异采。
材朴委积兮，莫知余之所有。
重仁袭⑤义兮，谨厚以为丰。
重华不可遌（è）兮，孰知余之从容！
古固有不并兮，岂知其何故？
汤禹久远兮，邈而不可慕。
惩连改忿兮，抑心而自强。
离慜而不迁兮，愿志之有像。
进路北次兮，日昧昧其将暮。
舒忧娱哀兮，限之以大故。

乱曰：

浩浩沅湘，分流汩（gǔ）兮。

修路幽蔽，道远忽兮。

怀质抱情，独无匹兮。

伯乐既没，骥焉程兮。

万民之生，各有所错兮。

定心广志，余何畏惧兮？

曾伤爱哀，永叹喟兮。

世溷浊莫吾知，人心不可谓兮。

知死不可让，愿勿爱兮。

明告君子，吾将以为类[6]兮。

①滔滔：暑气蒸郁之貌。②汩：快速行走。③徂：去。④载盛：形容担子很重。⑤重、袭：皆为重复、积累之意。⑥类：法。即以上言为法，投水明志。

夏季即将到来的四月啊温暖和煦，草木万物的长势也十分茂盛。

内心充满了痛楚啊哀怨不止，向着那遥远的南方走去。

四下里远望啊昏暗不明，万籁俱寂没有一点声响。

内心纠结着的是无边的愁绪，委屈和痛楚满怀我心。

抚慰哀情自省志向，满心的委屈和苦恼只能是自己强压下来。

虽说可把方形削成圆，但规矩并不因为这样而改变。

顺从流俗改变常道，向来被贤人君子看不起。

秉持正道明确法规，理想初衷誓不改变。

心地仁厚端正，是为高士君子赞扬。

巧匠倕灵通不曾运斧，谁会知道是非曲直？

墨纹隐藏在暗处，盲人却说它不醒目。

离娄睁眼微看，有人说他是盲人。

硬把白色说成黑，把上下颠倒过来。

凤凰关在笼里，鸡鸭肆意乱飞。

玉石杂糅在一起，一概等同不加区别。

只因党人们的鄙陋，哪知我内在的美德。

责任重而负载多，船行陷滞很难为继。

怀抱瑾手握玉，穷途末路送给谁？

城镇里的狗一起吠叫，那是少见多怪。

诽谤俊才和雄杰，本来就是庸人的本性和习惯。

外表文静内质通达，俗人怎知我天赋异禀。

栋梁之材不被任用，谁也不知我的本领。

长年累月求仁义，充实自身不间断。

虞舜不能再相遇，谁知我心胸坦荡？

贤臣一直难遇明主，怎能知道其中原因！

大禹成汤相隔太远，千古悠悠无从思慕！

压抑着心中的愤怒，鼓励自己要自强不息。

身处困境依旧不改初衷啊，希望志向能找到归宿。

向北出发暂时停下来歇歇脚啊，日落黄昏已经到来。

疏散我的忧伤和烦恼，我的生命已经走到了尽头。

尾声：

波涛汹涌的沅江和湘江，它们一日千里各自流动。

前路幽暗深远，辽远苍茫啊。

内心有美好的品行啊，无人可以匹敌。

伯乐已经没有了，好的马又有谁能识别。

万民的降生，各有自己的道路。

安心驰骋自己的心志，我有什么可畏惧的呢?

满心的哀伤无穷尽，叹息长久不断啊。

世间黑暗无人理解，我的心已经无话可说。

知道死亡是难以避免的，宁愿不再爱惜自己啊。

坦白地告诉君子，我将以此作为准则啊。

思美人

本诗篇名由开篇第一句“思美人兮，擥涕而伫眙”而来。

关于本诗的作者，现代不少学者认为并非屈原所作，甚至引起过争议。但因为持怀疑态度的学者提出的论据不够充分，缺乏足够的说服力，所以人们仍普遍认为本诗为屈原所作。

本诗为屈原流放江南途中所作。一般认为，“美人”比喻的是楚怀王。诗歌全篇始终贯穿着两种思想的冲突，一种是秉持高洁的思想；一种是降身辱志的思想。从诗歌内容来看，辞人思念君王，但却不能表示出来，他不愿变节从俗，十分忧郁，而这也坚定了他固守高洁人格和美政理想的决心，他形单影只地一路向南，一心追从殒命的彭咸。

本诗有着鲜明的艺术特色。王逸《楚辞章句·离骚解题》认为“依诗取兴，引类譬喻”是《思美人》最大的特色，他认为《思美人》和《离骚》一样，用“香草以配忠贞，恶禽臭物以比谗佞，灵修美人以媲于君，宓妃佚女以譬贤臣”。

《思美人》超越时间和空间的局限，大胆地将地上与天国、人间与仙境、历史与现实等有机融合起来，使神话人物、历史人物和现实人物交织在一起，具有奇特的浪漫主义色彩，而这也是《思美人》的一个突出的艺术特色。

思美人兮，擥（lǎn）涕而伫眙（zhù chì）①。
媒绝路阻兮，言不可结而诒（yí）。
蹇蹇之烦冤兮，陷滞而不发。
申旦以舒中情兮，志沉菀（yùn）而莫达。
愿寄言于浮云兮，遇丰隆而不将。

因归鸟而致辞兮，羌宿高而难当。

高辛之灵盛兮，遭玄鸟而致诒。

欲变节以从俗兮，愧易初而屈志。

独历年而离愍（mǐn）②兮，羌冯心犹未化。

宁隐闵而寿考兮，何变易之可为。

知前辙之不遂兮，未改此度。

车既覆而马颠兮，蹇独怀此异路。

勒骐骥而更驾兮，造父为我操之。

迁逡次而勿驱兮，聊假日以须时。

指嶓冢（bō zhǒng）之西隈兮，与纁（xūn）黄以为期。

开春发岁兮，白日出之悠悠。

吾将荡志而愉乐兮，遵江夏以娱忧。

擥大薄③之芳茝兮，搴长洲之宿莽。

惜吾不及古人兮，吾谁与玩此芳草？

解萹（biān）薄与杂菜兮，备以为交佩。

佩缤纷以缭转兮，遂萎绝而离异。

吾且儃佪以娱忧兮，观南人之变态。

窃快在中心兮，扬厥凭而不竢（sì）。

芳与臭其杂糅兮，羌芳华自中出。

纷郁郁其远承兮，满内而外扬。

情与质信可保兮，羌居蔽而闻章④。

令薜荔以为理兮，惮举趾而缘木。

因芙蓉而为媒兮，惮蹇（qiān）⑤裳而濡（rú）足。

登高吾不说兮，入下吾不能。

固朕形之不服兮，然容与而狐疑。

广遂前画兮，未改此度也。

命则处幽，吾将罢兮，愿及白日之未暮。

独茕茕而南行兮，思彭咸之故也。

①伫眙：站立凝望，停步观看。②离慜：遭遇祸患。③大薄：指地域阔大的草木丛生地。④居蔽而闻章：虽然处于偏远之处，也能声名显扬。⑤蹇：同“褰”。提起。

思念你啊我的美人，擦干眼泪我极目远望。

没有媒人的消息路途又十分遥远，满心的话语无法说出。

抑郁难解啊忧心忡忡，进退两难停滞不前。

从黑夜到天亮啊我满腹的心事，深沉凝重难以表达。

愿我向那浮云寄语吧，云师却也不肯听我言说。

想要靠鸿雁传书吧，鸿雁飞远了再也看不见。

高辛氏之灵如日炽热，本想托玄鸟表达忠心。

想变节而屈从世情，又变更初志令我惭愧。

独自多年饱经忧患，满腔怨怼无从化解。

宁愿隐没以终天年，也不能做轻率变节的行为。

明知前路多么崎岖不顺，内心坚决不改此度。

车已翻覆马已颠仆，仍然独自坚持这条异路。

勒住骏马，重新套好车驾，令造父为我御车。

进退反复且勿前行，聊借天日等候时机。

指向嶓冢山的西面山崖，约定黄昏之时作为佳期。

春天来到，一年又开始了，太阳出来的时间更加漫长。

我将打开胸怀去寻找快乐，沿看江夏之水解除忧愁。

我摘取芳草中的芳芷，拔取长洲的宿莽。

可惜不能与古人同时，现在我与谁共赏芳卉?

摘取萹薄与杂菜，编成交错的配饰备用。

花朵缤纷佩环缠绕，但最终凋残遭到丢弃。

我彷徨行乐且逍遥，去观看南人种种异态。

心里快乐适意，疏解愤怒不必再抱有希望。

尽管芳香与污秽杂糅在一起，芳草终会卓然出现。

缕缕幽点飘洒远播，内部充溢一定外扬。

只要保持真情美质，身处荒僻也能美名昭显。

想让薜荔做代表，不愿意它爬树会攀高。

想让荷花做媒人，提裳还怕浸湿了脚。

高攀我可不喜欢，低就我更不接受。

我的形貌本来就不合于现实啊，我却仍然徘徊不安犹豫不决。

前面的道路一望无边，我始终不愿意改变我的初衷和志节。

命中注定我被放逐到幽僻之地，人到黄昏万事停息，要趁白天未入暮有所作为。

一个人孤零零地往南边行去，我一心思念先贤彭咸的缘故。

惜往日

题解

本诗的篇名由首句“惜往日之曾信兮”而来。

此篇为屈原临终前的作品，对此，绝大多数学者持赞同观点。但对于本诗是否为屈原绝笔，则有着不同的看法。如林云铭《楚辞灯》认为《怀沙》是屈原绝笔，王夫之《楚辞通释》等认为《悲回风》是屈原绝笔，但蒋骥《山带阁注楚辞》、夏大霖《屈骚心印》、陆侃如《屈原评传》、郭沫若《屈原研究》、游国恩《楚辞论文集》等都认为这首《惜往日》是屈原绝笔。上述学者认为《惜往日》是屈原绝笔的依据在于诗歌的最后一段：“宁溘死而流亡，恐祸殃之有再。不毕辞而赴渊兮，惜壅君之不识。”这些词句强烈地写到了死亡，好像死亡已然成为辞人在这个世上唯一要做的事情。所以，虽然难以断定本篇是否为屈原绝笔，但可以确定的是，本篇必定写于屈原自沉汨罗江前夕。

从诗歌内容来看，是辞人在临终前回忆自己政治上的不幸遭遇，痛惜自己的政治理想和政治主张因受奸人破坏而未能实现，表明自己不得不死的苦衷，希望能通过自己的死来唤醒顷襄王。

惜往日之曾信兮，受命诏以昭诗。
奉先功以照下[①]兮，明法度之嫌疑。
国富强而法立兮，属（zhǔ）贞臣而日娭（xī）。
秘密事之载心兮，虽过失犹弗治。
心纯庬（máng）而不泄兮，遭谗人而嫉之。
君含怒而待臣兮，不清澈其然否。
蔽晦君之聪明兮，虚惑误又以欺。

弗参验以考实兮，远迁臣而弗思。

信谗谀之溷浊兮，盛气志而过之。

何贞臣之无罪[2]兮，被离谤而见尤！

惭光景（yǐng）之诚信兮，身幽隐而备之。

临沅湘之玄渊[3]兮，遂自忍而沉流。

卒没身而绝名兮，惜壅（yōng）君之不昭。

君无度而弗察兮，使芳草为薮（sǒu）幽。

焉舒情而抽信兮？恬死亡而不聊。

独鄣壅而蔽隐兮，使贞臣为无由。

闻百里之为虏兮，伊尹烹于庖厨。

吕望屠于朝歌兮，宁戚歌而饭牛。

不逢汤武与桓缪兮，世孰云而知之？

吴信谗而弗味兮，子胥死而后忧。

介子忠而立枯兮，文君寤而追求。

封介山而为之禁兮，报大德[4]之优游。

思久故之亲身兮，因缟素而哭之。

或忠信而死节兮，或訑谩（tuó mán）[5]而不疑。

弗省察而按实兮，听谗人之虚词。

芳与泽其杂糅兮，孰申旦而别之？

何芳草之早殀（yāo）兮，微霜降而下戒。

谅聪不明而蔽壅兮，使谗谀而日得。

自前世之嫉贤兮，谓蕙若其不可佩。

妒佳冶之芬芳兮，嫫（mó）母姣而自好。

虽有西施之美容兮，谗妒入以自代。

愿陈情以白行兮，得罪过之不意。

情冤见之日明兮，如列宿之错置。

乘骐骥而驰骋兮，无辔衔而自载；

乘氾泭（fàn fú）以下流兮，无舟楫而自备。

背法度而心治⑥兮，辟与此其无异。

宁溘死而流亡兮，恐祸殃之有再。

不毕辞而赴渊兮，惜壅君之不识。

注释

①奉先功以照下：继承祖先的功业，昭示天下的国民。②辠：同“罪”。③玄渊：深渊。④大德：相传晋文公流亡在外，曾没饭吃，介子推就割下自己的股肉给他吃。⑤訑谩：欺诈。⑥心治：即随心所欲地治理国家。

译文

痛惜当年君王你是多么信任我啊，我接受你的命令去整顿国政。

承接下先王的伟业扶济天下苍生，坚守法度明辨是非。

国家兴盛社会稳定下来啊，因此君王你将朝政交给贤臣自己游玩去了。

国家重要的政务都时刻铭记于心，即便是有些许过失也无须治罪。

我本心地纯厚忠贞不贰，竟然遭受了小人的污蔑。

君王你对我大发雷霆，不去明辨是非分清黑白。

小人蒙蔽君王你的眼睛，在中间挑拨离间把我们君臣分离。

君王你不澄清就认定为事实，毫不思索就将我流放远方。

君王愿意听信奸人的阿谀逢迎，对我的耿直忠言却反感责备。

忠贞不渝从无二心的贤臣本没有罪过，为何还会受到污蔑和诽谤！

惭愧日月交替从不欺蒙，在异地他乡的我依然感受到了它的光辉。

面临沅湘黑洞洞的深渊，哪里忍心就此跳进奔流的江中。

终于身死而又名灭，可惜昏君还遭受蒙蔽！

君王没分寸不分辨是非，使芳草埋藏在沼泽荒地。

哪里还能够倾诉衷情？宁可泰然赴死而不偷生。

障碍深重啊我孤身独栖，使忠臣抑郁无报国之机。

听闻百里奚曾做过奴隶，伊尹在厨房做厨役。

吕望在朝歌当过屠夫，宁戚夜里喂牛敲角唱歌。

他们若没遇上汤武桓穆，世人有谁知道他们的贤能？

吴王夫差听取谗言不分忠奸，伍子胥死后有了亡国之祸。

介子推忠诚却被烧死，晋文公醒悟后追悔莫及。

封赐介山并制止樵猎，报答他的大恩大德。

怀念故友昔日患难与共，穿上白色丧服悲泪横流。

有人忠心诚信却为自证臣节而死，有人欺骗虚伪却不受怀疑。

君王不审核验证实事求是，只是听信小人虚假蛊惑之言。

芳香污垢杂糅一处，谁能天天加以分别？

为何芳草过早夭折，只因寒霜初降没有防备。

君王不明察，受到欺骗，才使谗谀小人更加得势。

自古以来嫉妒贤能的小人，都说蕙草、杜若不能佩戴。

嫉妒佳人芳美袭人，嫫母丑陋却装出媚态。

虽有西施一样美艳，妒忌者也会用阴谋代替。

我想要陈述衷情表明行为，却无意之间招致罪过。

真情与冤屈最后会明晰，就像天上星宿历历出现。

骑上骏马我飞快地驰骋啊，没有缰绳衔铁都靠自己的掌握。

坐上筏子我朝着下游漂流，没有桨啊自己来备齐。

全靠主观臆断不凭借法度去治理国家，就会像上面所说的情况一样危险。

宁可我死去顺着这水漂走，又害怕在我有生之年会再次遭遇祸患。

不等把话说完就投水自尽，可怜君王你还被蒙在鼓里浑然不知。

橘颂

题解

橘是一种常绿小乔木，南方多橘，楚地更可以被称为橘树的故乡。《晏子春秋》中记载：“橘生淮南为橘，生于淮北为枳。”橘有着必须生长于本土的特性，正因如此，辞人才赞颂橘。

对于本诗的创作年代，历来就有不同的说法。王逸认为《橘颂》是屈原晚年流放江南时创作的，而郭沫若、马茂之、刘大杰等则认为此诗为屈原年轻时所创作。本诗从内容和风格上来看，应该是屈原早期的作品。

本诗从体制上来看基本是四言的，描写了“橘”这一种物象，写作方式和《诗经》相似。《橘颂》共三十六句，四句一节，共有九节，可分为两部分被，其中，前四节为第一部分，侧重于咏物，描述橘树俊逸动人的外在美；后五节为第二部分，侧重于抒情，转而对橘树的热情讴歌。可以说，全篇前后两部分各有侧重，而又相互融为一体。

《橘颂》是我国第一首咏物言志诗，开后世之先河，对后世咏物诗产生了深远的影响。诗歌表面上是在歌颂橘树，实际上也表现出辞人的理想和人格，以南国的橘树作为砥砺志节的榜样，表达了辞人追求美好品质和理想的坚定意志。

后①皇嘉树，橘徕（lái）②服③兮。
受命不迁，生南国兮。
深固难徙，更壹志兮。
绿叶素荣，纷其可喜兮。
曾枝剡（yǎn）④棘，圆果抟（tuán）⑤兮。
青黄杂糅，文章烂兮。

精色内白，类可任兮。

纷缊宜修，姱而不丑兮。

嗟尔幼志，有以异兮。

独立不迁，岂不可喜兮？

深固难徙，廓其无求兮。

苏世独立，横而不流兮。

闭心自慎，不终失过兮。

秉德无私，参天地兮。

愿岁并谢，与长友兮。

淑离⑥不淫，梗其有理兮。

年岁虽少，可师长兮。

行比伯夷，置以为像⑦兮。

①后：后土。②徕：来。③服：适应。④剡：尖，锐利。⑤抟：圆。⑥淑离：善良美丽。⑦像：榜样。

译文

天地间独生一种好树，橘树生来适合生长在这里。

秉承固有的天性啊不外迁，扎根在江南大地啊。

根深而蒂固难迁徙，更可贵的是专一的心志啊。

绿色的叶子纯洁的花朵，开得缤纷茂盛着实令人愉悦啊。

层层的树枝啊长满锋利的小刺，硕果累累挂满枝头啊。

果实的青黄相间交杂在一起，纹采是那么漂亮耀眼。

美丽的外表纯净的内质，就好比那身负重任的君子。

长势繁茂美好绰约，真是美得没有瑕疵啊。

感叹你的志向，从小就与众不同啊。

你的品德卓绝于世坚定不屈，怎不叫人钦佩欣赏？

根深蒂固难以动摇，你的气度胸怀宽阔无私啊。

你远离喧嚣独立于世，宁愿绝水横渡也不愿随波逐流啊。

你弃绝私欲行事端正，不曾有过任何失误啊。

你坚定操守耿直公平，品行高尚与天地同在啊。

希望和时光一起逝去，我愿意与你做知己啊。

外表美丽内质纯正，多么正直而内涵充实啊。

你的年纪虽然小，却可以给人们当导师啊。

你的品质可比伯夷，是我为人处世的榜样啊。

悲回风

“回风”是旋风的意思。这首诗的篇名源自首句“悲回风之摇蕙兮”。

本诗存在真伪之争。南宋魏了翁《鹤山渠阳经外杂抄》认为，本篇诗歌的风格不像屈原，倒像是宋玉、景差的作品，因此怀疑本篇是伪作。明代的许学夷认为本篇语气不似屈原作品，也提出了疑问。吴汝纶认为本篇文字太奇特，也怀疑是篇伪作。此后，陈钟凡、陆侃如、冯沅君、刘永济、谭介甫、胡念贻等人从不同角度论证本篇不是屈原的作品。但这都不足以推翻王逸以来认定本篇作者是屈原的观点，也都不能剥夺屈原对本篇的著作权。

关于本篇的创作时间，有四种不同观点：一是陆侃如认为本篇创作于楚怀王十六年（公元前 313 年）放逐汉北时；二是林云铭、夏大霖、郭沫若认为创作于顷襄王六至七年（公元前 293—公元前 292 年）间；三是蒋骥认为创作于屈原自沉汨罗江的前一年秋天；四是王夫之、王闿运认为创作于屈原自沉汨罗江时，是屈原绝笔。上述四种观点，通常以为蒋骥之说最为贴近。因为从情感内容来看，本篇应是创作于屈原自沉前不远之时。

悲回风[1]之摇蕙兮，心冤结而内伤。
物有微而陨性兮，声有隐而先倡。
夫何彭咸之造思兮，暨志介而不忘！
万变其情岂可盖兮，孰虚伪之可长！
鸟兽鸣以号群兮，草苴（chá）比而不芳。
鱼葺鳞以自别兮，蛟龙隐其文章。
故荼荠（tú jì）不同亩兮，兰茝幽而独芳。

惟佳人之永都兮，更统世而自贶（kuàng）。

眇[②]远志之所及兮，怜浮云之相羊。

介眇志之所惑兮，窃赋诗之所明。

惟佳人之独怀兮，折若椒以自处。

曾歔欷（xū xī）[③]之嗟嗟（juē）兮，独隐伏而思虑。

涕泣交而凄凄兮，思不眠以至曙。

终长夜之曼曼兮，掩此哀而不去。

寤从容以周流兮，聊逍遥以自恃。

伤太息之愍怜兮，气於邑（wū yì）而不可止。

纠（jiū）思心以为纕兮，编愁苦以为膺。

折若木以蔽光兮，随飘风之所仍。

存髣髴（fǎng fú）而不见兮，心踊跃其若汤。

抚珮衽以案志兮，超惘惘而遂行。

岁曶曶（hū）④其若颓兮，时亦冉冉而将至。

薠蘅（fán héng）槁而节离兮，芳以歇而不比。

怜思心之不可惩兮，证此言之不可聊。

宁逝死而流亡兮，不忍为此之常愁。

孤子吟而抆（wěn）泪兮，放子出而不还。

孰能思而不隐兮，照彭咸之所闻。

注释

①回风：旋转之风。②眇：同"渺"，遥远。眇远志即高远的志向。③歔欷：反复一再地悲叹抽泣。④曶曶：同"忽忽"，形容时间过得飞快。

译文

可怜啊旋风摇动着蕙草，我的愁思郁结心中。

物虽微小因此丧失性命，声虽细弱却是最先传播。

为何彭咸树立的思想啊，他的志气节操我难以忘怀？

感情变化无常怎能掩盖，哪有虚情假意能够久长！

鸟兽叫喊为了追求群集，香草枯草堆积丧失芬芳。

群鱼相互炫耀层层鳞甲，蛟龙却把美丽龙鳞隐没。

因此苦菜甜菜分田种植，兰茝身处僻境散发幽香。

唯有圣贤才会永放光彩，自求多福历经千秋万代。

细看我要想完成的大志，可怜浮云飘荡不停。

我细小的心志难被理解，只好写出诗歌来表达。

一心思念着美人独有的胸怀，折香草消解愁闷；

不停地唉声叹气，独自幽居思虑难平。

孤零零涕泪交相不止，辗转难眠到天亮；

夜漫漫一宿刚完结，哀切切难除心中情！

我还是起床自由地游荡，散散心抚慰自己的伤痕；

可怜我心悲哀长吁短叹，止不住气闷郁结在胸中。

用思虑编一根丝绳，用忧愁编一件背心。

折若木遮蔽阳光，任凭旋风把我远引。

眼前什么都不能看清，心儿像开水一样沸腾；

整一整衣裳定一定心，迷茫若失我踽踽而行。

岁月流逝似物坠不可停留，生命将渐渐地靠近限度；

白蘋杜蘅啊都已经枝叶凋落，芬芳消逝不再茂盛。

可怜我痴心已无可挽救，这表明这些明志之语并不可靠；

我宁愿一命呜呼随水漂流，也不愿让愁绪长此缠绕。

像孤儿呻吟着擦干眼泪，被流放的人一去不返。

谁能忧愁焦虑而不悲痛，我明白了彭咸传说的真伪。

登石峦以远望兮，路眇眇之默默。

入景响之无应兮，闻省想而不可得。

愁郁郁之无快兮，居戚戚而不可解。

心鞿（jī）羁[1]而不形兮，气缭转而自缔。

穆眇眇之无垠兮，莽芒芒之无仪。

声有隐而相感兮，物有纯而不可为。

藐蔓蔓之不可量兮，缥绵绵之不可纡。

愁悄悄（qiǎo）之常悲兮，翩冥冥之不可娱。

凌大波而流风兮，托彭咸之所居。

上高岩之峭岸兮，处雌蜺之标颠。

据青冥而摅（shū）虹兮，遂倏忽而扪天。

吸湛露之浮源兮，漱凝霜之雰雰（fēn）。

依风穴[2]以自息兮，忽倾寤以婵媛。

冯(píng)昆仑以瞰雾兮，隐岐山以清江。

惮涌湍之磕磕(kē)兮，听波声之汹(xiōng)汹。

纷容容之无经兮，罔芒芒之无纪。

轧洋洋之无从兮，驰委移(wēi yí)之焉止。

漂翻翻其上下兮，翼遥遥其左右。

氾(fàn)潏潏(yù)[3]其前后兮，伴张弛之信期。

观炎气之相仍兮，窥烟液之所积。

悲霜雪之俱下兮，听潮水之相击。

借光景以往来兮，施黄棘之枉策。

求介子之所存兮，见伯夷之放迹。

心调度而弗去兮，刻著志之无适。

曰：

吾怨往昔之所冀兮，悼来者之悐(tì)悐。

浮江淮而入海兮，从子胥而自适。

望大河之洲渚兮，悲申徒之抗迹。

骤谏君而不听兮，重任石之何益。

心絓(guà)结而不解兮，思蹇产[4]而不释。

注释

①靰羁：马缰绳和马络头。②风穴：神话中飘风居住的地方。③潏潏：水涌出貌。④蹇产：心中郁结，不顺畅。

译文

登上石山遥望远方，长路漫漫寂静迷茫。

进入光影安静无声，视听思索一无所获。

愁思浓郁绝无欢乐，思绪戚戚不能自解。

心里拘束挣扎不开，郁气环绕纠缠打结。

寂静无声无边无际，原野茫茫不见物象。

秋风无形万物相感，纯美之物无奈凋零。

长路漫漫不能度量，希望渺茫难以追寻。

愁心深沉常感悲哀，疾飞高远也无欢乐。

乘着巨浪顺风漂流，投身于彭咸所住之地。

登上高山峭绝之岸，好像处在长虹之巅。

依据青天布展彩虹，似可随时接触苍天。

吮吸清露感到秋凉，含漱凝霜吐纳纷散。

暂据风穴聊以休息，恍然大悟悄然伤感。

靠着昆仑俯瞰澄雾，倚定岷山细观清江。

奔流急湍叩石相击，耸听波涛汹涌澎湃。

思绪如潮纷乱无理，混然茫茫很难清醒。

汪洋恣意无所依归，徘徊不定何处可止？

漂流翻动上下沉浮，双臂如翼左右摇摆。

洄流滚滚前后相继，伴随潮汐涨落之信。

仰观炎气热浪频频，俯看烟波叠叠层层。

悲见霜雪轰然俱下，悚听潮水砰砰作响。

借时间光影东西来往，黄棘作鞭见证古今。

追求介子推的绵山遗迹，曾见伯夷放迹首阳的遗留。

心情翻覆不忍离去，下定决心绝不离开。

尾声：

我哀怨以往理想成空，悲悼未来更是惶恐不安。

还是顺着江河漂流入海，追求伍子胥以求解脱安心。

看着大河中的沙渚，悲慨申徒狄的高尚。

多次向君王忠谏却不被接受，抱石自沉又有什么用？

心绪凝结不可摆脱，抑抑郁郁终难释怀。

远游

对于本篇的作者是谁，目前尚无定论。王逸《楚辞章句》指出：『远游者，屈原之所作也。屈原履方直之行，不容于世，上为谗佞所谮毁，下为俗人所困极，章皇山泽，无所告诉，乃深惟元一，修执恬漠，思欲济世，则意中愤然，文采铺发，遂叙妙思，托配仙人，与俱游戏，周历天地，无所不到，然犹怀念楚国，思慕旧故，忠信之笃，仁义之厚也。是以君子珍重其志，而玮其辞焉。』王逸认为本篇作者是屈原，依据是『托配仙人』和『与俱游戏』的话，认为上述两句是对《远游》这首诗最简要的概括。

除王逸观点外，还有一些研究者认为《远游》是汉人模仿《离骚》创作的。如清代胡濬源便在《楚辞新注求确·凡例》中提出：『《远游》一篇，杂引王乔、赤松，且及秦始皇时之方士韩众，则明系汉人所作。』

这是一首游仙诗。诗中描写了神游天上和走遍四方的快乐，也涉及服食轻举，养生炼形的理论，渗透出阴阳家和道家的出世思想。虽然《远游》是屈原作品中存在争议最大的一篇，但其具备的文学价值是不容置疑的。

悲时俗之迫阨（è）兮，愿轻举而远游。

质菲薄[1]而无因兮，焉托乘而上浮。

遭沉浊而污秽兮，独郁结其谁语！

夜耿耿而不寐兮，魂茕（qióng）茕而至曙。

惟天地之无穷兮，哀人生之长勤。

往者余弗及兮，来者吾不闻。

步徙倚而遥思兮，怊（chāo）惝怳（chǎng huǎng）而乖怀。

意荒忽而流荡兮，心愁凄而增悲。

神倏忽而不反兮，形枯槁而独留。

内惟省以端操[2]兮，求正气之所由。

漠虚静以恬愉兮，澹无为而自得。

闻赤松之清尘兮，愿承风乎遗则。

贵真人之休德兮，美往世之登仙。

与化去而不见兮，名声著而日延。

奇傅说（yuè）之托辰星兮，羡韩众之得一。

形穆穆以浸远兮，离人群而遁逸。

因气变而遂曾举[3]兮，忽神奔而鬼怪。

时髣髴（fǎng fú）以遥见兮，精皎皎以往来。

绝氛埃而淑尤兮，终不反其故都。

免众患而不惧兮，世莫知其所如。

恐天时之代序兮，耀灵晔而西征。

微霜降而下沦兮，悼芳草之先零。

聊仿（páng）佯而逍遥兮，永历年[4]而无成。

谁可与玩斯遗芳兮，晨向风而舒情。

高阳邈以远兮，余将焉所程。

重曰：

春秋忽其不淹兮，奚久留此故居？

轩辕不可攀援兮，吾将从王乔而娱戏！
餐六气而饮沆瀣兮，漱正阳而含朝霞。
保神明之清澄兮，精气入而粗秽除。
顺凯风[⑤]以从游兮，至南巢而壹息。
见王子而宿之兮，审壹气之和德。

曰：

道可受兮，不可传；
其小无内兮，其大无垠；
无滑而魂兮，彼将自然；
壹[⑥]气孔神[⑦]兮，于中夜存；
虚以待之兮，无为之先；
庶类以成兮，此德之门。

注释

①质菲薄：质性鄙陋。②端操：端正操守道德。③曾举：高高地飞升上天。④永历年：经过了很多年。⑤凯风：南风。⑥壹：专。⑦神：凝神。

译文

悲哀社会风气困阻重重，我愿轻身高举出游求真。
秉性鄙陋没有什么机缘，怎么能乘清气向上攀升？
我遇到的时世污秽浑浊，独自愁思郁结向谁倾诉！
夜里辗转反侧难以入眠，神魂凄凄切切直到天亮。
想想天地没有穷尽，叹息人生劳碌终身。
过去之事我不能赶上，未来之事更不能知晓。
步伐蹒跚乱了方寸，惆怅失意背离初心。
意态恍惚心神不宁，心情愁苦每天加深！
瞬息间我精神远离，只留下了枯槁的身体。
我反省以端正情操，探求那正气的来源。
虚无清静中有快乐，淡泊无为自能满意；
听说赤松子清高超俗，我愿传承他的遗则。
敬佩得道之人的美德，羡慕古人得道成仙。
形体尽管仙化消失不见，名声却显耀流传。
传说傅说死后乘星升天，韩众成仙令人羡慕。
身形寂静渐渐离去，远离尘世超迈飘然。
借助精气我层层高飞，就像鬼神一样变化莫测。
仿佛能够远远看见，精灵光彩闪耀来来往往。
超越尘世抵达异境，永不再返故国。
摆脱众患再无所惧怕，世人难测我的影迹。
怕就怕时序的代谢无情，光灿灿的太阳不断西行；
薄薄的霜花降下而沉沦，哀伤那芳草将最先枯萎！

暂且彷徨，聊以散心，年纪已大，事业无成！
谁能和我同赏芳草，对着晨风畅叙衷情。
天帝高阳与我时隔太远，我想有所效仿怎么可能？
又说：
春去秋来岁月不停息，我何必长久留在故乡？
轩辕黄帝既已不能高攀，我将跟从王子乔嬉戏游玩。
吞下六气啜饮清露，吸吮正阳之气口含朝霞。
维持精神清明澄澈，吸入精气将污秽扫荡。
跟从和畅的南风出游，停于南巢稍事休息。
肃然起敬地参拜王子乔，向他求教得道的秘密。
他说：“‘道’可意会不可言传；
道是无限小的又无尽大；
你精神不迷乱，就会自然地出现；
‘一气’十分神秘，半夜寂静存于自己心中；
对待一切事物顺其自然，万事之前应该清心寡欲。
世间万物都是如此生成，这就是得道的方法。”

闻至贵[①]而遂徂兮，忽乎吾将行。
仍羽人于丹丘兮，留不死之旧乡。
朝濯发于汤（yáng）谷兮，夕晞余身兮九阳。
吸飞泉之微液兮，怀琬琰之华英。
玉色頩（pīng）以脕（wàn）颜兮，精醇粹而始壮。
质销铄以汋（chuò）约兮，神要眇以淫放。
嘉南州之炎德兮，丽桂树之冬荣。
山萧条而无兽兮，野寂漠其无人。
载营魄而登霞兮，掩浮云而上征。
命天阍（hūn）[②]其开关兮，排阊阖（chāng hé）而望予。

召丰隆使先导兮，问大微之所居。
集重阳入帝宫兮，造旬始而观清都。
朝发轫于太仪兮，夕始临乎于微闾。
屯余车之万乘兮，纷溶与而并驰。
驾八龙之婉婉兮，载云旗之逶蛇。
建雄虹之采旄（máo）兮，五色杂而炫耀。
服偃蹇以低昂兮，骖连蜷以骄骜。
骑胶葛以杂乱兮，斑漫衍而方行。
撰余辔而正策兮，吾将过乎句（gōu）芒。
历太皓以右转兮，前飞廉以启路。
阳杲（gǎo）杲[③]其未光兮，凌天地以径度。
风伯为余先驱兮，氛埃辟而清凉。
凤凰翼其承旂（qí）兮，遇蓐（rù）收乎西皇。
擥彗星以为旍（jīng）兮，举斗柄以为麾。
叛陆离其上下兮，游惊雾之流波。
时暧（ài）曃（dài）其曭（tǎng）莽兮，召玄武而奔属（zhǔ）。
后文昌使掌行兮，选署众神以并毂（gǔ）。
路曼曼其修远兮，徐弭节[④]而高厉。
左雨师使径侍兮，右雷公以为卫。
欲度世以忘归兮，意恣睢（zì suī）以担挢（jiē jiǎo）。
内欣欣而自美兮，聊媮（yú）娱以自乐。
涉青云以汎滥游兮，忽临睨夫旧乡。
仆夫怀余心悲兮，边马顾而不行。
思旧故以想象兮，长太息而掩涕。
氾容与而遐举兮，聊抑志而自弭。
指炎神而直驰兮，吾将往乎南疑。
览方外之荒忽兮，沛罔象而自浮。

祝融戒而还衡兮，腾告鸾鸟迎宓妃。

张《咸池》奏《承云》兮，二女御《九韶》歌。

使湘灵鼓瑟兮，令海若舞冯（píng）夷。

玄螭虫象并出进兮，形蟉虬（liú qiú）⑤而逶蛇。

雌蜺便（pián）娟以增挠兮，鸾鸟轩翥（zhù）而翔飞。

音乐博衍无终极兮，焉乃逝以徘徊。

舒并节以驰骛兮，逴（chuō）绝垠乎寒门。

轶（yì）迅风于清源兮，从颛顼（zhuān xū）乎增冰。

历玄冥以邪径兮，乘间维以反顾。

召黔蠃而见之兮，为余先乎平路。

经营四荒兮，周流六漠。

上至列缺（quē）兮，降望大壑。

下峥嵘而无地兮，上寥廓⑥而无天。

视倏忽而无见兮，听惝怳而无闻。

超无为以至清兮，与泰初而为邻。

①至贵：至妙之言。②天阍：天宫的门卫。③杲杲：太阳刚刚升起之貌。④弭节：按节缓行。⑤蟉虬：盘曲貌。⑥寥廓：广远貌。

一听名言就动身，一眨眼间要出行；

随飞仙抵达丹丘，停留于长生的仙境。

清晨在汤谷洗头发，黄昏在扶桑下晒身。

口吸昆仑飞泉喷洒的水珠，怀揣美玉的精华。

面如美玉啊润泽发光，精气纯厚啊血气方刚。

凡胎褪去啊姿态渐美，神魂高远啊意外奔放。

赞颂炎热的南方仙境，香丽的桂花冬天茂盛。

山林里没野兽如此干净，原野上没俗人多么寂静。

我带着魂魄登上彩霞，浮云遮身啊飘往天庭。

让天国看守敞开城关，他打开天门对我打量。

我召来云师当作向导，探问太微神所居的宫殿。

登上天庭进帝宫游览，参拜太白到清都参观。

早晨从天宫驾车出发，傍晚抵达微母闾山边。

万辆车马列队集合，浩浩荡荡并驾齐驱。

八条飞龙蜿蜒游动，云旗飘扬首尾相连。

竖起旄尾装扮的霓虹旗，五彩缤纷照耀天际。

健壮的服马起伏奔腾，曲身的骖马恣意奔驰。

车马交错嘈杂纵横，队列绵绵并行不偏。

手持缰绳振鞭策马，我将参拜东方木神。

经过太皓身边车向右转，飞廉开路走在队列前面。

灿烂太阳还未放射光芒，由东往西驾于天地之上。

风伯是我们车队的先导，使我扫尽尘埃身心清爽。

凤凰展开双翅迎接旌旗，途中又碰到蓐收和西皇。

摘取彗星当作我的旗帜，拿起北斗斗柄作旗挥扬。

旗帜五颜六色忽上忽下，在云海雾波中流连。

天色逐渐昏暗日月无光，我命玄武赶快紧紧追上。

让文昌在后面管理随从，选择安排众神并驾前行。

路途漫漫还很遥远，缓用马鞭啸傲云天。
雨师在左随从护路，雷公在右防守巡边。
想要飘然出世无所顾忌，为所欲为高蹈九天；
欣然自喜怡然自美，暂且自娱乐在心间。
路过四方浪游了苍天，瞬间俯见熟稔的家园。
仆人想念，我更辛酸，骖马回头，也不肯向前！
回想旧交浮想联翩，我不免又要擦泪长叹！
还是远走高飞随意浪游，抑制自己的情感！
朝着南方的火神奔去，我又将到达九嶷神山！
看世外多么辽阔苍茫，好像汪洋里自由地浮沉。
祝融劝我扭转车头，我传达鸾鸟迎来宓妃。
她奏起古乐《咸池》《承云》，娥皇女英吹奏《九韶》。
让湘水之神鼓瑟吹笙，让海神与河伯对舞助兴。
鱼龙水怪一起纷纷起舞，舞姿屈曲盘旋宛转。
彩虹轻盈更显妩媚，鸾鸟展翅高空飞翔。
旋律舒展缭绕不断，我徘徊一阵继续远行。
放开缰绳任马儿奔跑，直到天边北极的寒门。
顺着疾风到风府清源，跟从颛顼到层层厚冰。
经过玄冥的崎岖路途，暂时在天地间休息。
召见黔嬴向他询问原因，让他给我在前铺好道路。
我乘驾着车辆游遍四方，东西南北上下游览一趟。
向上我到达了闪电之处，向下把东方的大海远望。
下界深远迷茫看不见地，上界空旷无边天在何方。
一切变化转瞬不见，四周寂静默默没有声响。
远远超过无为清虚境界，我和泰初一同共存共亡。

卜居

『卜』是占卜、问卦的意思，是以占卜来解除疑问。『居』是处世的方法和态度。『卜居』是通过占卜来确定自己对待现实社会所采取的态度。其实，作者创作本篇并非真正想占卜决疑，只不过是以问答的形式，来抒发人生态度和愤世嫉俗之情。由此可知，《卜居》所传达出的思想感情和《离骚》是一致的。

《章句》认为《卜居》是屈原的作品，但很多后代学者对此持怀疑态度。如郭沫若便在《屈原赋今译》中提出《卜居》『也许是深知屈原生活和思想的楚人作品』。关于本篇的确切作者是谁，学术界尚无定论。

不管作者是否为屈原，有件事情都是很有趣的。当时，屈原已然被排除在权力中心之外，他请卜者占卜自身命数原本是很寻常的事，但他的占卜带有强烈的讽刺和质问意味，传达出对君主和群臣的憎恨之情，致使卜者拒绝回答他的问题，整个占卜无果而终。

本篇语句采用骈散结合的方式，对后世文学创作产生很大的影响。同时，本篇采取问答的形式，也成为后世辞赋杂文宾主问答体的滥觞。

屈原既放，三年不得复见。

竭知尽忠，而蔽鄣于谗。

心烦虑乱，不知所从。

往见太卜[1]郑詹尹曰：“余有所疑，愿因先生决之。”

詹尹乃端策拂龟，曰：“君将何以教之？”

屈原曰：“吾宁悃悃（kǔn）[2]款款朴以忠乎？

将送往劳来斯无穷乎？

宁诛锄草茅以力耕乎？

将游大人以成名乎？

宁正言不讳以危身乎？

将从俗富贵以媮（tōu）生乎？

宁超然高举以保真乎？

将哫訾（zú zī）栗斯，喔咿儒儿以事妇人乎？

宁廉洁正直以自清乎？

将突梯滑（gǔ）稽，如脂如韦，以洁楹乎？

宁昂昂若千里之驹乎？

将氾氾若水中之凫乎，与波上下，偷以全吾躯乎？

宁与骐骥亢轭乎？

将随驽马之迹乎？

宁与黄鹄比翼乎？

将与鸡鹜争食乎？

此孰吉孰凶？何去何从？

世溷浊而不清，蝉翼为重，千钧为轻；

黄钟毁弃，瓦釜雷鸣；

谗人高张[3]，贤士无名。

吁嗟默默兮，谁知吾之廉贞！”

詹尹乃释策而谢，曰：“夫尺有所短，寸有所长，物有所不足，智有所不明，数有所不逮，神有所不通。

用君之心，行君之意，龟策诚不能知事。”

注释

①太卜：掌管国家卜筮的官员。②悃悃：诚实勤恳之貌。③高张：位居高位而趾高气扬。

译文

屈原被流放之后，三年不能再见到楚王。

献出全部智慧和忠诚，却被奸人离间。

他心烦意乱，不知怎么才好。

去见太卜郑詹尹，说：“我有个疑问，想依赖先生来决断它。”

郑詹尹摆正蓍草，拂清龟壳，说：“您有什么见教？”

屈原说：“我应当老老实实，淳朴忠诚呢，

还是忙于送迎应酬，攀缘奉承？

应当铲除野草，勤奋耕耘呢，

还是游说诸侯，追逐虚名？

应该忠言劝谏，奋不顾身呢，

还是贪求富贵，苟且偷生？

应该超尘脱俗，保持天真呢，

还是阿谀谄媚，像妇人一样装出笑容？

应该廉洁正直，洁身自好呢，

还是面面取巧，待人狡猾，柔软善变？

应当昂首高举，像千里之驹呢，

还是像浮游水面的野鸭，与世沉浮，以顾全微躯？

我应该与骏马齐头并进，

还是追从那劣马的足迹？

我应当与黄鹄比翼长空，

还是去与鸡鸭争食赌气？

这究竟哪样好哪样不好，我应该怎样做又怎样行？

这个世界真是浑浊不清，有人说千斤比蝉翼还轻；

青铜的编钟被销毁丢弃，瓦锅当作乐器响如雷鸣；

坏人得势好人无名。

啊！我不讲了，再也不讲了，谁明白我廉洁正直的品行？”

詹尹放下蓍草站起道歉：“权衡事物尺寸也不标准，一切事物都有不足之处，明智的人也有不明之理，卦数不是任何都能猜透，神灵有时也会变得迷糊。

你想如何做那就如何做，龟壳蓍草确实不能料知此事。”

渔父

关于本篇的作者，王逸《楚辞章句》指出：『《渔父》者，屈原之所作也。』认为本篇是屈原被流放后，政治上遭到迫害，在困恶之境中创作出来的作品。但他接着又指出：『屈原放逐，在江湘之间，忧愁叹吟，仪容变易。而渔父避世隐身，钓鱼江滨，欣然自乐。时遇屈原川泽之域，怪而问之，遂相应答。楚人思念屈原，因叙其辞以相传焉。』很明显，王逸前后的说法是矛盾的。除此之外，也有学者认为《渔父》是楚人创作的。

本篇共有四段，以屈原开头，以渔父结尾，中间两段是屈原和渔父两人对答内容。全篇渗透出浓郁的道家思想，如『不凝滞于物，而能与世推移』的思想，便对道家和道教产生了深远的影响。

再说渔父，在先秦文学中，渔父是个极富感染力和穿透力的意象。渔父通达人生，无拘无束，有着美好的信念，是世外高人，又与世无争。『渔父』和『樵夫』构成了中国民间最具传奇色彩的人物意象，『渔樵闲话』成为隐士话语叙述的代名词。

屈原既放，游于江潭[①]，行吟泽畔，颜色憔悴，形容枯槁。

渔父（fǔ）见而问之曰："子非三闾大夫与？何故至于斯？"

屈原曰："举世皆浊我独清，众人皆醉我独醒，是以见放。"

渔父曰："圣人不凝滞于物，而能与世推移。

世人皆浊，何不淈（gǔ）其泥而扬其波？

众人皆醉，何不餔（bū）其糟而歠（chuò）其釃（lí）？

何故深思高举，自令放为？"

屈原曰："吾闻之：新沐者必弹冠，新浴者必振衣。

安能以身之察察，受物之汶（mén）汶者乎？

宁赴湘流，葬于江鱼之腹中。

安能以皓皓之白，而蒙世俗之尘埃乎？"

渔父莞尔而笑，鼓枻（yì）而去。

歌曰："沧浪[②]之水清兮，可以濯吾缨；

沧浪之水浊兮，可以濯吾足。"

遂去，不复与言。

①江潭：指洞庭湖。②沧浪：水名，汉水支流。

屈原被流放后，在江边湖畔一边行走，一边吟咏。他脸色憔悴，形体枯槁。

一位渔翁看到他，问道："您不是三闾大夫吗？为何落到这地步？"

屈原说："这世上到处都污浊，只有我清高；大家都醉了，唯有我清醒，所以遭到了放逐。"

渔翁说："圣人不拘泥于外物，而是能与世道一同变化。

世上的人都污秽，您为何不把水搅混而扬起浊波？

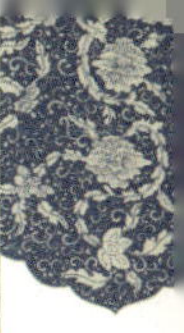

大家都醉了，您为何不吃点酒糟，喝点薄酒？

您为何想得太多而又自命清高，最后让自己落了个流放的结局？”

屈原说：“我听说：刚洗过头必定要弹弹帽子，刚洗过澡必定要抖抖衣服。

哪能让洁净的身体，沾染上污秽的外物？

我甘愿跳到湘江里，葬身于鱼肚中。

怎能让自己的洁白纯净遭受世俗的污垢呢？”

渔翁听了，微微一笑，摇桨而去。

渔翁唱道：“沧浪江的水啊很清澈啊，能够洗一洗啊我的冠缨。

沧浪江的水啊很污浊啊，能够洗一洗啊我的双脚。”

他走了不再和屈原讲话。

九辩

本篇是宋玉的作品。宋玉是战国时期的楚国人，著名的楚辞作家。时代比屈原稍晚，曾在顷襄王时为官，但不受楚王重视，最终因谗言罢官，一生抑郁不得志。宋玉才华横溢，是屈原的继承人，文章风格深受屈原影响，人们将屈原、宋玉并称为『屈宋』。但宋玉不像屈原那般具有浓烈的正义感和爱国精神，作品也缺少积极的浪漫主义精神。

《九辩》原本是夏代的乐章名。『九』是概数，表示很多，意思是由多组乐章组成的乐曲。宋玉以古乐章名为题，抒发自己的感慨和愁思，写成了这篇带有自叙性质的长篇抒情诗。

宋玉在《九辩》中抒发了『贫士失职而志不平』的悲叹，也有对祖国命运的关心。本篇有对楚国腐朽黑暗统治和人民饱受战乱痛苦的揭露，是具有深刻的现实意义的。除此之外，本篇是我国文学史上第一篇专门的悲秋抒情之作，辞人抒发了个人失意的悲哀与痛苦，这对后世文学创作产生了很大的影响，也引发了封建社会里无数受压抑的知识分子的强烈共鸣，『宋玉悲秋』成为广为人知的熟语。

悲哉秋之为气[①]也！

萧瑟兮草木摇落而变衰，

憭慄（liáo lì）[②]兮若在远行，登山临水兮送将归，

泬（xuè）寥兮天高而气清，宗廖（jì liáo）兮收潦而水清。

憯（cǎn）悽增欷兮薄寒之中人。

怆怳（chuàng huǎng）圹悢兮，去故而就新，

坎廪兮贫士失职而志不平。

廓落兮羁旅而无友生。

惆怅兮而私自怜。

燕翩翩其辞归兮，蝉宗（jì）漠而无声。

雁廱（yōng）廱而南游兮，鹍鸡啁哳（zhāo zhā）而悲鸣。

独申旦而不寐兮，哀蟋蟀之宵征。

时亹（wěi）亹而过中兮，蹇淹留而无成。

悲忧穷戚兮独处廓，有美一人兮心不绎。

去乡离家兮徕远客，超逍遥兮今焉薄？

专思君兮不可化，君不知兮可奈何！

蓄怨兮积思，心烦憺兮忘食事。

愿一见兮道余意，君之心兮与余异。

车既驾兮朅而归，不得见兮心伤悲。

倚结軨（líng）兮长太息，涕潺湲兮下沾轼。

忼慨[③]绝[④]兮不得，中瞀乱[⑤]兮迷惑。

私自怜兮何极，心怦怦兮谅直。

皇天平分四时兮，窃独悲此廪秋。

白露既下百草兮，奄离披此梧楸。

去白日之昭昭兮，袭长夜之悠悠。

离芳蔼[⑥]之方壮兮，余萎约而悲愁。

秋既先戒以白露兮，冬又申之以严霜。

收恢台之孟夏兮，然欿傺（kǎn chì）而沉藏。

叶菸（yū）邑而无色兮，枝烦挐（rú）而交横；

颜淫溢而将罢兮，柯彷佛而萎黄；

萷櫹椮（shāo xiāo sēn）之可哀兮，形销铄而瘀伤。

惟其纷糅而将落兮，恨其失时而无当。

揽騑（fēi）辔而下节兮，聊逍遥以相佯。

岁忽忽而遒尽兮，恐余寿之弗将。

悼余生之不时兮，逢此世之俇（kuāng）攘。

澹容与而独倚兮，蟋蟀鸣此西堂。

心怵（chù）惕而震荡兮，何所忧之多方！

卬（yǎng）明月而太息兮，步列星而极明。

注释

①秋之为气：秋天形成的气氛。②憭慄：凄凉。③忼慨：同“慷慨”。④绝：尽。⑤瞀乱：心中烦乱。⑥芳蔼：芳菲而繁盛。

译文

满眼暮秋的景象啊令我哀伤！

眼见草木的衰亡啊使我伤感，

满怀着愁绪啊好像有人在远行，又好像登上山临着水送人向家中归去，

秋高气爽啊天空辽阔，河水清清啊寂静辽阔，

渐渐地感受到了秋天的寒气啊止不住叹息，

闷闷不乐满怀愁绪啊，我远离家乡啊前往别处，

命途多舛啊我失去官职心中愤怒不能平息，

形单影只啊旅途中没有人陪伴。

满怀愁绪只能自怜这不幸遭遇。

燕子翩然地由北向南飞去，寒蝉寂静得丝毫没有声音。

雁鸣叫着向南飞游啊，鹍鸡啁啾着令我难过。

独自度过漫漫长夜啊难以入睡，蟋蟀夜鸣更添心伤。
时光匆匆啊年岁已过半，滞留他乡事业未完成。
忧愁窘迫空荡荡，有个美人心不快；
背井离乡作远客，东飘西泊朝何方？
一心爱君决不改，君不知我如何办？
每日相思重重怨，忧心忡忡常忘餐。
想见一面叙衷心，君心跟我不相同；
驾好车子去又来，不见君王心悲伤；
依靠车窗空叹息，眼泪落在车前横木上。
愤而断绝做不到，心中迷惑乱糟糟。
孤苦伶仃何时了？一颗忠心跳不停。
上天将一年分四季，我却独自叹伤寒秋。
白露降落百草寒肃，梧楸叶落只留残枝。
离别明亮的白日啊，继之以黑暗的长夜。
芬芳年华业已逝去，贫病老衰令我悲伤。
天降寒露昭示秋深，再下严霜冬随其后。
初夏茂盛杳无踪影，万木萧条百花凋零。
叶子枯萎暗淡无光，枝条交错纷乱无章。
颜色憔悴盛年已过，树干枯黄将要衰朽。
树梢光秃实在哀怜，形体瘦弱病态可忧。
想起草木纷繁叶落，怅恨际遇不再占有。
抓住缰绳放下马鞭，暂且漫步舒展忧愁。
岁月匆忙一年又尽，恐怕寿命也难长久。
生不逢时令我痛惜，时世纷乱竟无宁日。
徘徊郁闷独自徙倚，且听蟋蟀西堂鸣叫。
内心忧惧常感震荡，为何忧伤缠绕不息？
仰望明月深深叹息，星夜独步直到天亮。

窃悲夫蕙华之曾敷兮，纷旖旎乎都房。
何曾华之无实兮，从风雨而飞飏（yáng）。
以为君独服此蕙兮，羌无以异于众芳。
闵奇思之不通兮，将去君而高翔。
心闵怜之惨凄兮，愿一见而有明。
重（chóng）①无怨而生离兮，中结轸（zhěn）而增伤。
岂不郁陶而思君兮？君之门以九重。
猛犬狺狺（yín）②而迎吠兮，关梁闭而不通。
皇天淫溢而秋霖兮，后土何时而得漧（gān）！
块独守此无泽兮，仰浮云而永叹。
何时俗之工巧兮，背绳墨而改错！
却骐骥而不乘兮，策驽骀（nú tāi）而取路。
当世岂无骐骥兮，诚莫之能善御。
见执辔者非其人兮，故駶（jú）跳而远去。
凫雁皆唼（shà）夫粱藻兮，凤愈飘翔而高举。
圜凿而方枘（ruì）兮，吾固知其鉏铻（jǔ yǔ）而难入。
众鸟皆有所登栖兮，凤独遑遑而无所集。
愿衔枚而无言兮，尝被君之渥洽。
太公九十乃显荣兮，诚未遇其匹合。

谓骐骥兮安归③？谓凤皇兮安栖？

变古易俗兮世衰，今之相者兮举肥。

骐骥伏匿而不见兮，凤皇高飞而不下。

鸟兽犹知怀德兮，何云贤士之不处？

骥不骤进而求服兮，凤亦不贪餧（wèi）而妄食。

君弃远而不察兮，虽愿忠其焉得？

欲寂漠而绝端兮，窃不敢忘初之厚德。

独悲愁其伤人兮，冯郁郁其何极！

霜露惨悽而交下兮，心尚幸（xìng）其弗济。

霰雪雰（fēn）糅其增加兮，乃知遭命之将至。

愿徼幸而有待兮，泊莽莽与壄草同死。

愿自往而径游兮，路壅绝而不通。

欲循道而平驱兮，又未知其所从。

然中路而迷惑兮，自压桉（àn）而学诵。

性愚陋以褊（biǎn）浅④兮，信未达乎从容。

窃美申包胥之气盛兮，恐时世之不固。

何时俗之工巧兮，灭规矩而改凿。

独耿介而不随兮，愿慕先圣之遗教⑤。

处浊世而显荣兮，非余心之所乐。

与其无义而有名兮，宁穷处而守高。

食不媮（tōu）而为饱兮，衣不苟而为温。

窃慕诗人之遗风兮，愿托志乎素餐。

蹇充倔而无端兮，泊莽莽而无垠。

无衣裘以御冬兮，恐溘死不得见乎阳春。

①重：深深思考。②狺狺：犬吠声。③安归：何处是骐骥的归宿。④褊浅：狭

隘，浅薄。⑤先圣之遗教：指上文申包胥等人的教诲。

译文

暗自感慨这蕙花长势好啊，茂盛地充盈着华丽的宫殿。

为什么这层层的花朵却不结果啊，随着风雨四处飘扬！

当初以为君王你会只佩蕙花啊，哪知道蕙花在他看来和其他花草没有分别。

我的忠诚耿直君王从不了解啊，我将要远远离开君王。

痛苦埋在心里满怀忧伤啊，就想面见君王一表忠心。

我本没有罪过却要离开你啊，心中抑郁难解哀怨不止。

满心的愁苦哪能不想念君王啊？怎奈那宫门把我阻拦！

守门的狂犬都向我大声叫啊，关隘重重且路途不畅。

绵密的秋雨纷纷落下啊，大地什么时候才会变干！

孤独地在这荒凉的沼泽守望啊，抬头望望浮云啊仰天长叹。

为何世俗之人都善于钻营讨巧啊，不走正轨偏要篡改法度规范！

不骑千里马啊，却偏要赶着劣马上路。

在这个世界上莫非没有千里马啊？是因为没有人能够驾驭它。

良马看到驾驭它的人不是好的驭手啊，它便一骑绝尘远远离去。

野鸭、大雁等都啄食粟米水藻啊，相反凤凰对此是不屑一顾的。

方榫头若向圆洞眼插入啊，根本就是没有可能。

群鸟都有了自己的栖息之处啊，唯独凤凰却无立锥之地。

原本我打算闭上嘴不再说话啊，但君王曾给我的恩惠却难以忘怀。

姜太公九十岁才彰显荣耀啊，原因是之前没有遇到赏识他的明君。

良驹的归宿之处在哪里啊，凤凰的栖息之地在何处？

改变古时的风俗世道衰减啊，如今相马只看肥硕的外形。

良马就将自己隐藏了起来啊，凤凰也远走高飞不会回来。

鸟兽尚且知道感念恩德啊，贤德之人怎么会不辅助明君？

骏马从来不会求驾乘啊，凤凰也不会因饥饿而随意乱吃。

君王你把我疏远不明察我心啊，就算是我忠诚始终又能有什么结果。

也曾想过远走不再理会世事啊，但君王您的恩情仍谨记在心。

我独自一人在这深秋惆怅感怀啊，抑郁之情难以抒怀。

霜露俱下满地凄凉啊，希望不再遭受祸乱的折磨。

飘飘洒洒的大雪愈来愈大啊，好像预言祸端要降临在贤德人的身上。

还心存侥幸着等待企盼啊，眼下也只有和茫茫原野枯荣同尽。

心想着就自己走吧，路程遥远隔绝关隘不畅。

想顺着路途就这样往前行吧，又不知道何去何从。

走到一半我更加惶惑啊，只好抑制内心的情感作诗吟唱。

天生的愚笨又粗陋啊，从来不懂得讨巧的手腕。

心底里十分欣赏申包胥的志气啊，又害怕今时不同往日。

为什么世俗之人都投机取巧呢？舍弃规范改变法度。

我心中光明磊落不入俗世啊，希望跟随追慕先贤的节操。

身处浑浊之世却荣耀尽显啊，这从来不是我所向往的价值。

与其只图虚名而不顾忠义啊，我宁肯贫穷孤苦地终老一生。

绝不可以为了生存而苟且偷安啊，也不情愿为了穿暖而苟且索衣。

欣赏追慕先贤们的风范啊，平淡度日也依旧心有志节。

媒理断绝阻塞道路啊，就像荒野没有边际。

没有可以遮风挡雨的厚衣服啊，我很害怕突然死去看不到春日。

靓杪（jìng miǎo）秋之遥夜兮，心缭悷（liáo lì）[①]而有哀。

春秋逴（chuō）逴而日高兮，然惆怅而自悲。

四时递（dì）来而卒岁兮，阴阳不可与俪偕。

白日晼（wǎn）晚其将入兮，明月销铄而减毁。

岁忽忽而遒尽兮，老冉冉而愈。

心摇悦而日幸（xìng）兮，然怊（chāo）怅而无冀。

中憯恻（cǎn cè）[②]之凄怆兮，长太息而增欷。

年洋洋以日往兮，老嵺（liáo）廓而无处。
事亹（wěi）亹而觊进兮，蹇淹留而踌躇。
何氾滥之浮云兮，猋（biāo）壅蔽此明月！
忠昭昭而愿见兮，然露曀（yīn yì）而莫达。
愿皓日之显行兮，云蒙蒙而蔽之。
窃不自聊而愿忠兮，或黕（dǎn）点而污之。
尧舜之抗行兮，瞭冥冥而薄天。
何险巇（xī）之嫉妒兮，被以不慈之伪名？
彼日月之照明兮，尚黯黮（dǎn）[3]而有瑕。
何况一国之事兮，亦多端而胶加。
被荷裯（dāo）之晏晏兮，然潢洋而不可带。
既骄美而伐武兮，负左右之耿介。
憎愠惀[4]之修美兮，好夫人之慷慨。
众踥蹀（qiè dié）而日进兮，美超远而逾迈。
农夫辍耕而容与兮，恐田野之芜秽。
事绵绵而多私兮，窃悼后之危败。
世雷同而炫曜兮，何毁誉之昧昧！
今修饰而窥镜兮，后尚可以窜藏。
愿寄言夫流星兮，羌倏忽而难当。
卒壅蔽此浮云兮，下暗漠而无光。
尧舜皆有所举任兮，故高枕而自适。
谅无怨于天下兮，心焉取此怵惕？
乘骐骥之浏浏兮，驭安用夫强策？
谅城郭之不足恃兮，虽重介之何益？
邅（zhān）翼翼而无终兮，忳（tún）惛惛（hūn）而愁约[5]。
生天地之若过兮，功不成而无效。
愿沉滞而不见兮，尚欲布名乎天下。

然潢洋而不遇兮，直怐愗（kòu mào）而自苦。

莽洋洋而无极兮，忽翱翔之焉薄？

国有骥而不知乘兮，焉皇皇[6]而更索？

宁戚讴于车下兮，桓公闻而知之。

无伯乐之善相兮，今谁使乎誉之。

罔流涕以聊虑兮，惟著（zhuó）意而得之。

纷纯纯之愿忠兮，妒被离而鄣（zhàng）之。

愿赐不肖之躯而别离兮，放游志乎云中。

乘精气之抟抟兮，骛诸神之湛湛。

骖白霓之习习[7]兮，历群灵之丰丰。

左朱雀之茇（pèi）茇兮，右苍龙之躣（qú）躣。

属（zhǔ）雷师之阗（tián）阗兮，通飞廉之衙衙。

前轾辌（liáng）之锵锵兮，后辎乘之从从。

载云旗之委蛇兮，扈屯骑之容容。

计专专之不可化兮，愿遂推而为臧。

赖皇天之厚德兮，还及君之无恙。

注释

①缭悷：忧思萦绕而郁结。②憯恻：悲痛。③黕：昏暗的样子。④愠惀：即纷纭，形容节操修美繁盛。⑤忳惛惛而愁约：形容忧愁苦闷貌。⑥皇皇：通“惶惶”，迷惑不安貌。⑦习习：快速飞行之貌，一说飘动之貌。

译文

孤单深秋夜漫长，悲忧缠心多伤痛；

年岁悠悠日日高，独自悲伤感惆怅；

四季相代一年完，月没日出不成对。

夕阳虽好但已接近黄昏，明月残缺不圆满；

一年匆忙又将尽，衰老渐到人渐损。
心存幸运意晃荡，忧伤失意无希望；
心头悲痛常凄怆，不停抽咽叹息长！
岁月远去江东流，天地辽阔我难留；
世事不停想前进，原地踏步空踌躇。
为何乌云布满天空，飘势迅猛遮盖明月？
忠心耿耿愿意奉献，雾障云蔽难以传达。
祈望红日照亮长空，乌乌蒙蒙将其遮盖。
不顾私念愿意效力，有人竟用秽语诬陷。
唐尧虞舜德行高尚，光辉显耀上与天接。
为何竟遭小人嫉妒，遭受冤屈难以洗雪？
太阳月亮光辉照亮，尚且难免阴影瑕疵。
国家事务更难定夺，头绪纷乱错杂纠结。
荷叶衣衫软绵绵，可是宽大不系腰：
自夸美貌耀英武，依靠貌似威武的近臣。
忠臣美德受遗弃，巧言令色讨欢喜。
群小趋从得高升，正人君子日离去。
农夫游荡罢犁锄，田野可能要荒芜！
琐事不断弊端多，暗愁君王要覆灭！
世人趋同来吹捧，毁誉不辨太糊涂！
匆忙修饰照明镜，还可藏身保生命；
本想托流星传话，一眨眼间失影踪；
终于乌云盖满天，天下暗淡无光明！
唐尧虞舜举用贤能，因此高枕无忧又从容。
自信天下没有人怨，何必慌乱心里虚惊？
乘着骏马赶快奔驰，驾驭高手哪需粗鞭？
城墙高大不一定可靠，甲胄厚实又有何用？

谨慎前行无终无极，忧郁愁思缭绕心胸。

人生天地就像过客，功业没成生命空空。

心愿隐居不现踪影，又想扬名天下流传？

漂流放荡一无所遇，愚昧不堪自讨苦吃。

大地苍茫没有尽头，悠悠徘徊何去何从？

国有骏马却不愿用，为何惶惶要求其他？

宁戚车下唱歌抒情，桓公听后知他出众。

若无伯乐识察慧眼，虽有良马谁来鉴别。

迷茫哭泣不妨思考，着意寻求可得贤能。

满怀热情愿尽忠心，小人嫉妒纷纷阻挡。

愿君赐我永远离去，任意游荡天际云端。

乘着日月团团精气，追逐诸位神明。

驾上白霓快快飞动，众神历历纷纷纭纭。

左有朱雀飘扬，右有苍龙蜿蜒而行。

雷师相随兴雷轰响，风神引导在前行进。

前有卧车铃声锵锵，后有辎车轰隆作响。

车上云旗迎风飘扬，两旁侍从团聚纷纷。

忠君之志专诚不改，但愿最后广大善行。

仰赖皇天广施厚德，保佑我王无恙太平。

招魂

对于《招魂》的作者，历来就存在两种说法。王逸认为《招魂》的作者是屈原，他在《楚辞章句》中道：“《招魂》者，宋玉之所作也。招者，召也。以手曰招，以言曰召。魂者，身之精也。宋玉怜哀屈原而斥弃，愁懑放佚，厥命将落，故作《招魂》，欲以复其精神，延其年寿，外陈四方之恶，内崇楚国之美，以讽谏怀王，冀其觉悟而还之也。”司马迁认为《招魂》的作者是屈原，他在《史记·屈原贾生列传》中道：“余读《离骚》《天问》《招魂》《哀郢》，悲其志。”

招魂是古代的一种迷信活动。楚国巫术盛行，招魂活动很是风靡。楚怀王被骗入秦，最终死在秦国，屈原采用民间招魂的形式，传达出对楚怀王的悼念之情和对楚国的热爱之情。

本篇结构严谨，先是引言，再为招魂辞，最后为乱辞。本篇既有对天地四方的诅咒和对故国的赞赏，又有对被招魂者的同情和对国家民族的担忧。本篇大胆夸张，层层铺叙，开汉赋先河，对后来的汉赋创作产生了直接影响。

朕幼清以廉洁兮，身服义而未沬（mèi）。
主此盛德兮，牵于俗而芜秽。
上无所考此盛德兮，长离殃而愁苦。
帝告巫阳曰：“有人在下，我欲辅之。
魂魄离散，汝筮（shì）予之[①]！”
巫阳对曰：“掌梦。上帝其难从。”
“若必筮予之，恐后之谢，不能复用巫阳焉。”
乃下招曰：魂兮归来！
去君之恒干，何为四方些？
舍君之乐处，而离彼不祥些（suò）！
魂兮归来！东方不可以托些。
长人千仞，惟魂是索些。
十日代出，流金铄石些。
彼皆习之，魂往必释些。
归来兮！不可以托些。
魂兮归来！南方不可以止些。
雕题黑齿，得人肉以祀，以其骨为醢（hǎi）些。
蝮蛇蓁（zhēn）蓁，封狐千里些。
雄虺（huǐ）九首，往来倏忽，吞人以益其心些。
归来兮！不可以久淫些。
魂兮归来！西方之害，流沙千里些。
旋入雷渊，爢（mí）散而不可止些。
幸而得脱，其外旷宇些。
赤蚁若象，玄蜂若壶些。
五谷[②]不生，藂（cóng）菅是食些。
其土烂人，求水无所得些。
彷徉无所倚，广大无所极些。

归来兮！恐自遗贼些。
魂兮归来！北方不可以止些。
增冰峨峨，飞雪千里些。
归来兮！不可以久些。
魂兮归来！君无上天些。
虎豹九关，啄害下人些。
一夫九首，拔木九千些。
豺狼从目，往来侁（shēn）侁些；
悬人以娭（xī），投之深渊些。
致命于帝，然后得瞑些。
归来！往恐危身些。
魂兮归来！君无下此幽都③些。
土伯九约，其角觺（yí）觺些。
敦脄（méi）血拇，逐人駓（pī）駓些。
参目虎首，其身若牛些。
此皆甘人，归来！恐自遗灾些。
魂兮归来！入修门些。
工祝招君，背行先些。
秦篝（gōu）④齐缕，郑绵络些。
招具该备，永啸呼些。
魂兮归来！反故居些。

①筮予之：通过卜筮知魂魄之所在，招还给予其人。②五谷：稻、稷、麦、豆、麻。③幽都：阴间的城府。④秦篝：产于秦地的竹笼，是招魂之具。

译文

我从小就品行高洁啊，愿意将自己献身于道义而未昏暗不明。

始终坚持这样的操守啊，然而却被世俗牵制而埋没于污浊。

上苍不明察我的高尚志节啊，让我遭受祸患而深陷泥沼。

天帝招来巫阳并对他讲："现在有一个人他在下界，我正想要辅佐他保佑他。

他的魂魄已经散去，你快占个卜给他帮帮忙。"

巫阳回应天帝："天帝啊，这是解梦官的事，你的指示确实难以服从。"

"你一定要占卦给他招魂，否则时期过了身体已坏，再找来巫阳也不能有用。"

巫阳于是就下界招魂：灵魂啊，你来吧！

你跟躯体隔离开，游荡四方何苦来？

扔下你的安乐窝，却要遭殃又逢灾？

灵魂啊，你快回来，东方不能去安身！

长人高度八百丈，专门要抓人的魂。

十个太阳像喷火，金属变液石化尘。

那些高人已晒惯，你去必定烧成粉。

归来吧，回家门，千万不能去安身！

灵魂啊，你回家门，南方停也不可停！

蛮子额头刺花纹，两排牙齿黑漆漆，割下人肉祭祖先，捣碎人骨搅成粉。

满地蝮蛇重百斤，大狐狸千里遍野。

九头雄蛇吐毒液，来来往往快如神，吃人越吃心越毒。

归来吧，回门庭，一定不能久留停！

灵魂啊，你回家来！西方可怕更怪异，飞沙走石一千里。

如人卷进雷渊去，粉身碎骨难逃离。

尽管侥幸能脱险，外边荒芜无人迹。

红色蚂蚁如大象，黑蜂能和葫芦比。

地上五谷不长大，丛丛茅草权充饥。

沙土能让人肉烂，口渴要水没处饮。
歧路彷徨无所依，举目四方无边际。
归来吧，回家里，自作自受又何必！
灵魂啊，你快回首，北方之地不能留！
层层积冰像高楼，千里大雪飘不停。
归来吧，快回头，千万不可久停留！
灵魂啊，你快回首，你也莫往天上走！
九座天门虎豹守，害死凡人吃人肉。
有个妖精九个头，一天拔树九千九。
豺狼横眉又竖眼，一伙一伙来回走。
把人吊起来玩乐，玩完再往深渊丢。
他向天帝汇报后，才可假寐一小会。
归来吧，快回头，一去可能命难留！
灵魂啊，你快回首，阴曹地府莫要游！

土伯腹垂九块肉，头角锋利赛刀口。
背肉拱起爪有血，追人捉人急奔跑。
三只眼睛老虎头，身体就如一条牛。
它们以人为食啊，归来吧，快回头，你去独自吃苦头！
灵魂啊，快回家来，郢都城门多美好！
高明男巫呼唤你，倒退行走带着你。
秦国笼子齐国线，郑国罩网作笼衣。
招魂设施样样齐，长声歌啸呼唤你。
招魂啊，回家来，回去故居旧乡里！

天地四方，多贼奸些。
像设君室，静闲安些。
高堂邃宇，槛层轩些。
层台累榭，临高山些。
网户朱缀，刻方连些。
冬有突（yào）①厦，夏室寒些。
川谷径复，流潺湲些。
光风转蕙，氾崇兰些。
经堂入奥，朱尘筵些。
砥室翠翘，挂曲琼些。
翡翠珠被，烂齐光些。
蒻阿拂壁，罗帱张些。
纂组绮缟，结琦璜些。
室中之观，多珍怪些。
兰膏明烛，华容备些。
二八侍宿，射（yì）递代些。
九侯淑女，多迅众些。

盛鬋（jiǎn）不同制，实满宫些。

容态好比，顺弥代些。

弱颜固植，謇其有意些。

姱容修态，絚（gèn）洞房些。

蛾眉曼睩，目腾光些。

靡颜腻理，遗视矊（mián）些。

离榭修幕，侍君之闲些。

翡帷翠帐，饰高堂些。

红壁沙版，玄玉梁些。

仰观刻桷（jué），画龙蛇些。

坐堂伏槛，临曲池些。

芙蓉始发，杂芰（jì）荷些。

紫茎屏风，文缘波些。

文异豹饰，侍陂陁（bēi tuó）些。

轩辌（liáng）既低，步骑[2]罗些。

兰薄户树，琼木篱些。

魂兮归来！何远为些？

室家遂宗，食多方些。

稻粢穱（zī zhuō）麦，挐（rú）黄粱些。

大苦醎酸，辛甘行些。

肥牛之腱，臑（ér）若芳些。

和酸若苦，陈吴羹些。

胹（ér）鳖炮羔，有柘浆些。

鹄酸臇（juǎn）凫，煎鸿鸧（cāng）些。

露鸡臛蠵（huò xī），厉而不爽些。

粔籹（jù nǔ）[3]蜜饵，有怅餭（zhāng huáng）些。

瑶浆蜜勺，实羽觞些。

挫糟冻饮，酎（zhòu）清凉些。
华酌既陈，有琼浆些。
归来反故室，敬而无妨些。
肴羞未通，女乐罗些。
陈钟按鼓，造新歌些。
《涉江》《采菱》，发《扬荷》些。
美人既醉，朱颜酡些。
娭（xī）光眇视，目曾波些。
被文服纤，丽而不奇些。
长发曼鬋（jiǎn），艳陆离些。
二八齐容，起郑舞些。
衽若交竿，抚案下些。
竽瑟狂会，搷（tián）鸣鼓些。
宫庭震惊，发《激楚》些。
吴歈（yú）蔡讴，奏大吕些。
士女杂坐，乱而不分些。
放陈组缨，班其相纷些。
郑卫妖玩，来杂陈些。
《激楚》之结，独秀先些。
菎（jùn）蔽象棋，有六簙（bó）些。
分曹并进，遒相迫些。
成枭而牟，呼五白些。
晋制犀比，费白日些。
铿钟摇簴（jù），揳（jiá）梓瑟些。
娱酒不废，沉日夜些。
兰膏明烛，华镫错些。
结撰④至思，兰芳假些。

人有所极，同心赋些。

酎饮尽欢，乐先故些。

魂兮归来！反故居些。

乱曰：

献岁发春⑤兮，汩吾南征。

菉（lù）苹齐叶兮白芷生。

路贯庐江兮左长薄，倚沼畦瀛兮遥望博。

青骊（lí）结驷兮齐千乘，悬火延起兮玄颜烝（zhēng）。

步及骤处兮诱骋先，抑骛若通兮引车右还。

与王趋梦兮课后先。

君王亲发兮惮青兕（sì），朱明承夜⑥兮时不可以淹。

皋兰被径兮斯路渐。

湛湛江水兮上有枫，目极千里兮伤春心。

魂兮归来哀江南！

①实：深密的意思。②步骑：指步行和骑马的随从。③粔籹：用蜜和面粉制成的环状饼，即馓子。④结撰：结构撰述，构思写作。⑤献岁发春：进入了新的一年，春气发动。⑥朱明承夜：指黑夜消退，太阳升起。

天上地下四面八方，害人之物数说不完。

你的遗像摆在中堂，显得如此宁谧安详。

高大殿堂深深屋宇，栏杆围护走廊几层。

重重亭台层层楼阁，拾级而上背依峻岭。

大门镂花涂成红色，方格图案紧密相连。

冬天堂屋幽深暖和，夏日内室通风凉快。

山谷小路弯曲迂回，缓慢流水声音动听。

丽日和风摇动蕙草，丛丛香兰传播芳馨。

穿过大堂进到内室，红色幕布绿色竹席。

光滑石室装扮翠羽，墙头吊着玉钩晶莹。

翠羽珠宝镶嵌被褥，灿烂生辉光彩动人。

细软绸衣悬挂壁间，薄罗帷帐张设中庭。

各色丝带绚丽缤纷，系结美玉明亮纯洁。

宫中那些摆设景观，华丽珍奇数也数不尽。

兰花脂膏烛光明亮，灯具纹饰华美堂皇。

十六美女侍夜陪宿，夜夜两组轮流替换。

列国诸侯选送美女，绝色佳丽非同寻常。

发式秀美异样纷呈，填满后宫熙熙攘攘。

容貌姣好难分高下，风华艳丽举世无双。

面貌妖柔体型健美，情意缠绵令人心荡。

面容俏丽亭亭玉立，花烛洞房满是美人。

清秀弯眉明眸顾盼，一泓秋波溢彩流光。

肌肤细腻如脂如玉，回眸一看情意绵绵。

离宫别馆设帐游宴，美人侍奉解闷消遣。

张挂起装饰翠羽的帷帐，装扮那高高的殿堂。

朱红墙壁丹砂护版，玄玉嵌梁闪闪发亮。

仰看方椽雕刻图像，长蛇盘绕飞龙翱翔。

端坐堂前斜靠栏杆，下临弯曲清水池塘。

池中荷花绽放花朵，绿叶红花让人心漾。

水葵紫色茎株盖满水面，风起绿水微波荡漾。

身穿奇彩豹皮服饰，卫士守在坡丘水岸。

轻便的轩车、卧车也已抵达，步兵骑兵分列两旁。

丛丛兰草种在门口，株株玉树权当护篱。

魂啊归来吧！为何还要停留远方？

家族在一起聚餐，饭菜吃法真丰富。

大米小米和麦类，里面还要掺黄粱。

有咸有苦还有酸，用上辣的和甜的调成。

宰了肥牛抽蹄筋，烧得烂熟香喷喷。

调点酸醋和苦汁，端上吴式风味汤。

红烧甲鱼烤羊羔，拌上一点甘蔗浆。

风干天鹅烧野鸭，煎了大雁又烹鹄。

酱汁卤鸡焖海龟，味道虽浓不变质。

油炸馓子和甜糕，还有饴糖食品啊。

名酒甜酒数不完，灌满华丽的羽觞。

除去酒糟再冰镇，醇酒清心又凉快。

华筵已经陈设好，每杯美酒如琼浆。

盼你快快回老家，众人恭敬不妨碍。

丰盛的酒菜还没有吃完，女乐队就准备列队表演。

摆设好乐钟安放好乐鼓，即将表演新创作的歌舞。

先唱《涉江》曲后唱《采菱》歌，最后大家都一起唱《扬荷》。

宴会上美女们喝醉了酒，每一个红光满面乐呵呵。

她们目光逗人情意绵绵，两眼水汪汪常常送秋波。

她们穿着绣花的绸衣裳，色彩那么鲜艳款式大方。

长长的头发美丽的鬓角，个个装扮成娇艳的模样。

十六位美女的容貌很像，跳起郑国舞蹈排成两行。

舞袖翩翩相互交错回旋，垂手敛臂慢慢合拍退场。

吹竽弹瑟急管繁弦齐奏，鼓师将大鼓连续地敲响。

鼓乐齐响整个宫廷振荡，奏出的楚歌奋发又激昂。

吴国的歌谣蔡国的曲子，全都用那大吕调来唱。

男男女女交错坐在一块，乱纷纷地相依相傍。

脱下衣带冠帽任意乱放，座位次序变得杂乱无序。

郑国卫国繁多美女珍宝，纷至沓来陪坐玩赏。

《激楚》舞姬头上发髻，精致奇特未曾见过。

玉饰筹码象牙棋子，六簙游戏两两对局。

分为两组各自进子，不分高下紧紧相逼。

掷彩成枭取鱼得筹，大呼五白求胜心切。

晋国犀角赌具陈列，光阴逝去全不在意。

铿锵撞钟钟架摇晃，梓木琴瑟一同奏起。

娱乐饮酒无休无止，沉溺其中夜以继日。

兰草脂膏明烛灿烂，华美灯架参差不齐。

酒余构思撰文作诗，用芳兰借喻眼前人。

人人高兴快乐至极，同心赋诗表达快意。

酣饮美酒尽情欢笑，先祖故旧怡然自得。

魂啊回来吧！快快回到旧居故里。

尾声：

新的一年春天到来，我被放逐向南匆匆而行。

绿色的水草长满了叶片，路上的白芷也开始生长。

路过庐江，左面是高大深密的树林；站在池塘田野之间，远望辽阔楚地。

黑色骏马四匹并驾，阵容整齐多达千乘；高挂夜灯火光蔓延，火气照亮天空。

徐行、竞逐、奔驰、休歇，向导们一马当先，指挥进退流畅自如，指引车辆右转胜利而还。

我与先王在云梦狩猎，考察孰优孰劣。

国君亲自射箭，射杀了青兕；太阳破晓而出，不再徘徊不定。

水边的兰草布满小路，渐渐荒芜不见。

江水澄澈，红枫长在高处，极目千里一望无垠啊，充满春愁。

魂魄归来吧，为江南楚地而哀伤！

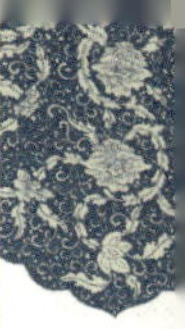

大招

王逸说：『《大招》者，屈原之所作也。或曰景差，疑不能明也。』可见，关于本篇的作者，至迟在王逸时就已有争议。

本篇也是招魂辞，但对于招谁的魂，也有不同的说法。如王逸在《楚辞章句》中指出：『屈原放流九年，忧思烦乱，精神越散，与形离别，恐命将终，所行不遂，故愤然大招其魂。』他认为屈原是在招自己的生魂。王夫之提出了不同的观点，在《楚辞通释》中指出：『昭、屈、景为楚三族，屈子旧所管理，（景差）受教而知深，哀其誓死，而欲要招之。』他认为是景差招屈原的魂。

从《大招》内容来看，辞人只写四方，未写天上地下，以豪杰执政和选贤任能的政治理想招魂，体现了立足现实的人生态度，这和楚地信巫重祀的风俗有很大不同。因此，有人便猜测这可能是汉人的作品。

《大招》虽然和《招魂》结构相似，但从写法上看，句式更为整齐，接近《诗经》的四言句式，语言显得呆板古拙些。

青春[1]受谢，白日昭只。

春气奋发，万物遽（jù）只。

冥凌浃（jiā）行，魂无逃只。

魂魄归来！无远遥只。

魂乎归来！无东无西，无南无北只。

东有大海，溺水浟（yóu）浟只。

螭龙并流，上下悠悠只。

雾雨淫淫[2]，白皓胶只。

魂乎无东，汤谷宗（jì）只。

魂乎无南！南有炎火千里，蝮蛇蜒只。

山林险隘，虎豹蜿只。

鰅鳙（yú yóng）短狐，王虺骞只。

魂乎无南，蜮伤躬只。

魂乎无西！西方流沙，漭洋洋只。

豕首纵目，被发鬤（ráng）只。

长爪踞牙，诶笑狂只。

魂乎无西！多害伤只。

魂乎无北！北有寒山，逴（chuō）龙赩（xì）只。

代水不可涉，深不可测只。

天白颢颢[3]，寒凝凝只。

魂乎无往！盈北极只。

魂魄归来！闲以静只。

自恣荆楚，安以定只。

逞[4]志究欲，心意安只。

穷身永乐，年寿延只。

魂乎归来！乐不可言只。

五谷六仞，设菰（gū）粱只。

鼎臑（ér）盈望，和致芳只。

内（nà）鸧（cāng）鸽鹄，味豺羹只。

魂乎归来！恣所尝只！

鲜蠵（xī）甘鸡，和楚酪只。

醢（hǎi）豚苦狗，脍苴（jū）蓴（pò）只。

吴酸蒿蒌，不沾薄只。

魂兮归来！恣所择只。

炙鸹烝凫，煔（qián）鹑陈只。

煎鰿臛（jì huò）雀，遽[5]爽[6]存只。

魂乎归来！丽以先只。

四酎并孰，不涩嗌（sè yì）只。

清馨冻歓（yǐn），不歠（chuò）役只。

吴醴白糵（niè），和楚沥只。

魂乎归来！不遽惕[7]只。

注释

①青春：春天。②淫淫：久而不止貌。③颢颢：漫天积雪发光貌。④逞：称心。⑤遽：极其。⑥爽：快。⑦遽惕：戒惧。

译文

大地回春换新妆，一片明亮出艳阳。

春气萌发草木生，万物成长斗春光。

幽冥之神行四方，魂魄无处可躲避。

灵魂啊，回家乡，不要漂泊去远方！

魂魄啊！归来吧！不要去东方不要去西方，不要去南方不要去北方。

东方有大海，水流湍急。

海中螭龙顺流而行，上下游戏。

东方阴雨绵延，白茫茫无边无垠。

灵魂啊！别到东方去！汤谷那地方杳无音声。

灵魂啊！别到南方去！南方酷热千里，长长的蝮蛇来来去去。

山险林深道路陡峭，虎豹横行匍匐盘旋。

怪鱼和短狐群集，大蟒经常把头昂起。

灵魂啊！别到南方去！鬼蜮会伤及你的身体。

魂魄啊，也别去西方！西方流沙白晃晃，无边无际如海洋。

猪头恶神竖眼睛，头发杂乱披胸膛。

挥动长爪露锯齿，装出笑脸逞凶残。

魂魄啊，你别去西方，害虫太多会伤人！

灵魂啊，也别去北方！北方高山凛严寒，烛龙蛇身红赤赤。

代水河宽不能渡，代水水深难估量。

到处雪霰一片白，全是冰冻三尺三。

灵魂啊，不要去北方，全部北极冰天雪地。

魂魄啊，回来吧！这里悠然自得又清静。

荆楚故国自由自在，生活宁静舒适安宁。

万事如意随心所欲，无忧无虑心中安乐。

一生保持快乐健康，延年益寿得以长寿。

灵魂啊，回来吧！快乐无穷言说不尽。

这里有很多精美的食粮，用菰米做饭真香。

食鼎满案陈设，调味使食物发出芬芳。

肥美的鸧、鸽子、天鹅肉，还调和着豺狗做的肉汤。

灵魂啊！回来吧！任你尝鲜。

大龟新鲜鸡味好，楚式奶酪拌一杯。

小猪肉酱狗肉干，蘘荷切得细且碎。

吴式酸汤用白蒿，不浓不淡味正好。

灵魂呀，归来吧，山珍海味任搭配！

烤鸹鸟，蒸野鸭，鹌鹑肉汤摆设上。

煎鲫鱼，炒雀肉，味道美味令人口爽。

灵魂啊！回来吧！可口的食物已经摆好了。

多次酿造醇香美酒，不会涩辣刺激咽喉。

酒气清香再用冰镇，卑贱之人无福消受。

米曲酿制吴式甜醴，配上楚国清醇沥酒。

魂啊，归来吧！不用有警惕畏惧之心。

代秦郑卫[①]，鸣竽张只。

伏戏《驾辩》，楚《劳商》只。

讴和《扬阿》，赵箫倡只。

魂乎归来！定空桑只。

二八接舞，投诗赋只。

叩钟调磬，娱人乱只。

四上竞气，极声变只。

魂乎归来！听歌譔（zhuàn）只。

朱唇皓齿，嫭（hù）以姱（kuā）只。

比德好闲，习以都只。

丰肉微骨，调以娱只。

魂乎归来！安以舒只。

嫮（hù）[②]目宜笑，蛾眉曼只。

容则秀雅，稚（zhì）朱颜只。

魂乎归来！静以安只。

姱修滂浩，丽以佳只。

曾颊倚耳，曲眉规只。

滂心绰态，姣丽施只。

小腰秀颈，若鲜卑只。

魂乎归来！思怨移只。

易中利心，以动作只。

粉白黛黑，施芳泽只。

长袂拂面，善留客只。

魂乎归来！以娱昔只。

青色直眉，美目媔（mián）只。

靥辅奇牙，宜笑嗎（xiān）只。

丰肉微骨，体便（pián）娟③只。

魂乎归来！恣所便只。

夏④屋广大，沙堂秀只。

南房小坛，观绝霤（liù）只。
曲屋步壛，宜扰畜只。
腾驾步游，猎春囿只。
琼毂错衡，英华假只。
茝兰桂树，郁弥路只。
魂乎归来！恣志虑只。
孔雀盈园，畜鸾皇只。
鹍（kūn）鸿群晨，杂鹙（qiū）鸧只。
鸿鹄代游，曼[5]鹔鹴（sù shuāng）只。
魂乎归来！凤凰翔只。
曼泽怡面，血气盛只。
永宜厥身，保寿命只。
室家盈廷，爵禄盛只。
魂乎归来！居室定只。
接径千里，出若云只。
三圭重侯[6]，听类神只。
察笃夭隐，孤寡存只。
魂乎归来！正始昆只。
田邑千畛，人阜昌只。
美冒众流，德泽章只。
先威后文，善美明只。
魂乎归来！赏罚当只。
名声若日，照四海只。
德誉配天，万民理只。
北至幽陵，南交阯只。
西薄羊肠，东穷海只。
魂乎归来！尚贤士只。

发政献行，禁苛暴只。

举杰压陛，诛讥罢只。

直赢在位，近禹麾只。

豪杰执政，流泽施只。

魂乎归来！国家为只。

雄雄[7]赫赫，天德明只。

三公穆穆，登降堂只。

诸侯毕极，立九卿只。

昭质既设，大侯张只。

执弓挟矢，揖辞让只。

魂乎来归！尚三王只。

注释

①秦卫代郑：指采自不同地域的音乐舞曲。②嫮：美好的意思。③便娟：轻盈美好貌。④夏：大。⑤曼：连续不断，此指翩飞不停。⑥三圭重侯：指各路诸侯，各个朝廷大臣。⑦雄雄：威势盛大貌。

译文

奏起代秦郑卫乐，吹竽调笙声止说。

伏羲《驾辩》是古曲，楚国《劳商》是乡音；

你唱《扬阿》我附和，赵国排箫奏过门。

灵魂啊，回家来，等你校正空桑瑟。

美女十六舞翩跹，唱起歌儿应诗篇。

敲铜钟，调编磬，奏到尾声人尽欢。

四个乐章渐次强，调声千变又万化。

灵魂呀，回家来，聆听妙音仙乐！

齿如编贝唇点绛，婀娜婉丽好女郎。

性情温顺又文雅，仪容优美又大方。
体态丰盈又苗条，令人愉快心花放。
灵魂啊，回家来，这里安乐又舒心！
她们含笑的眼睛真美丽，弯曲的眉毛细又长。
仪容举止娴雅秀丽，红红的颜面嫩又光。
魂魄啊！归来吧！你的心情会静谧舒畅。
姑娘美丽温顺，称得上是绝世之美。
面相丰满耳贴两旁，眉毛弯弯如月亮。
感情丰富体态柔美，举止文雅又大方。
腰身细小脖颈秀长，就像鲜卑带束缚一样。
魂魄啊！归来吧！回来可消相思忧愁。
聪明伶俐灵敏智慧，姑娘个个动作优美。
白粉敷面黛黑画眉，再加一层芳香膏脂。
长袖起舞半遮娇面，热情大方殷勤好客。
魂啊，回来吧！长夜欢娱直到天亮。
姑娘眉直色黑，美丽眼睛流光溢彩。
酒窝迷人牙齿洁白，嫣然一笑让人神荡。
体态丰盈窈窕多姿，轻盈优美翩然来往。
魂啊，回来吧！你钟情于谁就选谁。
府第高大又深广，朱红丹砂绘制厅堂。
南面厢房前有庭院，楼观屋檐下有承水沟槽。
屋宇幽深回廊狭长，适于训练猎马鹰犬。
驾车奔跑信步出游，直奔郊野园囿猎场春猎。
玉饰车轮金错车衡，真是盛大华美啊。
白芷兰草桂树飘香，郁郁苍苍铺满路旁。
魂啊，回来吧！纵情开怀随你游赏。
孔雀满园色彩鲜美，中有稀世凤凰青鸾。

清晨鹍鸡鸿雁一起啼叫，秃鹙鸣声夹杂中间。

天鹅池中随意嬉游，鹔鹴群集翻飞不止。

魂啊，回来吧！凤凰为你舞姿翩跹。

满面红光喜盈盈，血气方刚精气旺。

身体常应自保重，才可长寿保健康。

子子孙孙满朝廷，官位待遇蒸蒸上。

灵魂啊，回家来，居处已经安排了。

千条道路条条通，出行护卫如云涌。

列位公侯伯子男，好像神明有天聪。

体恤夭病贫穷家，抚恤孤儿寡妇。

灵魂啊，回家来，确立仁政的先后！

千条道路通村庄，每个村庄人丁旺。

美政惠及众百姓，恩德遍施似阳光。

先严政后仁政统天下，尽善尽美有伸张。

灵魂啊，回家来，楚国赏罚最适当！

楚国的名望像太阳，光辉灿烂照遍四方。

功德荣耀能比天地，天下万民可以治理。

北方抵达幽州，南方抵达交阯。

西方到达羊肠山，东方到达大海。

魂魄啊！归来吧！楚国重视贤德之士。

发布政令推崇仁义，禁止苛刻残暴人民。

任用俊杰坐镇朝廷，免除昏庸之辈。

举用品行正直的人，把他安排在身旁。

贤能大臣掌控大权，恩泽遍布民间。

魂魄啊！归来吧！这样的国家大有作为。

楚国威势雄强显耀，上天恩德万古彪炳。

三公威仪和穆庄严，登上朝廷辅助君王。

各地诸侯都已到来，设立九卿辅助三公。

箭靶竖起目标明确，大幅布靶也已张定。

射手纷纷持弓挟箭，相互礼让谦卑恭敬。

魂啊，回来吧！仿效前代三王明君。

惜誓

对于本篇的作者，目前仍存在争议。因为《史记》《汉书》关于贾谊的记载中，提到的辞赋只有《吊屈原赋》和《鵩鸟赋》两篇，所以王逸觉得《惜誓》的作者尚不够明确。王逸《楚辞章句》中指出：『《惜誓》者，不知谁所作也，或曰贾谊，疑不能明也。』据此，后人提出了两种截然不同的观点：一是本篇为贾谊所作；二是本篇非贾谊所作，乃是他人作品。如沈作喆、朱熹、王夫之等便都认为本篇是贾谊的作品；谢榛、胡濬源、郑知同、王耕心、郊文、马积与等人则认为本篇非贾谊作品。

《惜誓》的意义方面也存在争议。如王逸《楚辞章句》认为『誓者，信也，约也。言哀惜怀王，与己信约，而复背之也』。王夫之《楚辞通释》则认为是『惜屈子之誓死，而不知变计也』。当代学者赵浩如认同王夫之的观点，认为『誓』是誓死不迁、以身殉志的意思。今人徐仁甫观点迥然不同，认为『誓借为逝，惜年华如流水也』。

可以说，本篇抒发了对忠贞遭受迫害、小人得志的愤慨，有着既向往离世游仙，又思念故国旧乡的双重矛盾，满含对屈原之死的惋惜之情。

惜余年老而日衰兮，岁忽忽[1]而不反。
登苍天而高举兮，历众山而日远[2]。
观江河之纡（yū）曲[3]兮，离[4]四海之沾濡（zhān rú）[5]。
攀北极[6]而一息[7]兮，吸沆瀣（hàng xiè）[8]以充虚。
飞朱鸟[9]使先驱兮，驾太一之象舆。
苍龙[10]蚴虬（yǒu qiú）[11]于左骖（cān）[12]兮，白虎[13]骋而为右騑（fēi）[14]。
建日月以为盖兮，载玉女[15]于后车。
驰骛于杳冥[16]之中兮，休息乎崑崙之墟。
乐穷极而不厌兮，愿从容乎神明。
涉丹水[17]而驰骋兮，右大夏之遗风。
黄鹄[18]之一举兮，知山川之纡曲。
再举兮，睹天地之圜方。
临中国之众人兮，托回飙（biāo）[19]乎尚羊。
乃至少原之壄（yě）兮，赤松王乔[20]皆在旁。
二子拥瑟而调均兮，余因称乎清商。
澹（dàn）然[21]而自乐兮，吸众气而翱翔。
念我长生而久仙兮，不如反余之故乡。

注释

①忽忽：急速的样子。②日远：指离别家乡日益遥远。③纡曲：迂回曲折。④离：也作“罹”，遭受，遭遇。⑤沾濡：沾湿。⑥北极：指北极星。⑦一息：暂停，稍歇。⑧沆瀣：夜间的水汽，露水，为仙人所饮。⑨朱鸟：星宿名，二十八宿中南方七宿（井、鬼、柳、星、张、翼、轸）的总称。七宿相连呈鸟形，朱色象火，南方属火，故名。⑩苍龙：古代二十八宿中东方七宿的总称。⑪蚴虬：蛟龙屈曲行动的样子。⑫左骖：古代驾车三马中左边的马，后用四马，也指四马中左边的马。⑬白虎：星宿名，西方七宿奎、娄、胃、昴、毕、觜、参的总称。⑭右騑：即右骖，右边的骖马。⑮玉女：仙女，星宿名，二十八宿之一，为玄武七宿（斗、牛、女、虚、危、室、壁）之第三宿。⑯杳冥：指天空，高远之处。⑰丹水：传说中的水名。⑱黄鹄：大鸟，仙人所乘，一飞千里。⑲回飙：旋转的狂风。⑳赤松、王乔：即赤松子、王子乔，古代传说中的两个仙人。㉑澹然：安定的样子。

译文

叹息我年老而日渐衰微，岁月急速逝去一去不返。

登上苍天高高飞翔，越过群山离别家乡日益遥远。

观看江河迂回曲折，遭受四海浪波沾湿衣衫。

攀上北极星稍作休息，吸饮北方清和之气以充饥腹。

放飞朱鸟让其前行开路，乘驾太一天神用象牙装饰的车。

苍龙屈曲腾飞作为左骖，白虎驰骋作为右骖。

把圆圆的日月作为车盖，玉女在后车随行。

疾驰于高高的天空，休息在昆仑山。

快乐达到顶点而不厌倦，想和神灵随行。

渡过丹水向前驰走，往右观看大夏国古迹。

黄鹄一飞冲天，知晓高山河川迂回曲折。

再度高飞越过天空，看到整个天下。

俯视中原百姓众多，依托旋风在空中闲游。

于是到达了少原的野外，赤松子、王乔都在旁边。

两人持瑟将弦调好，我继而弹奏清商。

安适淡然自得其乐，吸取六气翱翔天宇。

虽然我想长生永为神仙，但是不如返回我的故乡。

黄鹄后时[①]而寄处兮，鸱枭（chī xiāo）[②]群而制之。

神龙失水而陆居兮，为蝼蚁之所裁。

夫黄鹄神龙犹如此兮，况贤者之逢乱世哉！

寿冉冉[③]而日衰兮，固儃（chán）回[④]而不息。

俗流从而不止兮，众枉[⑤]聚而矫直。

或偷合[⑥]而苟进[⑦]兮，或[⑧]隐居而深藏。

苦称量之不审兮，同[⑨]权概[⑩]而就衡。

或推迻[11]而苟容[12]兮，或直言之谔谔（è）[13]。

伤[14]诚是之不察兮，并纫（rèn）[15]茅丝以为索。

方[16]世俗之幽昏兮，眩（xuàn）[17]白黑之美恶。

放山渊之龟玉兮，相与贵[18]夫砾（lì）石[19]。

梅伯[20]数谏而至醢（hǎi）[21]兮，来革[22]顺志[23]而用国。

悲仁人之尽节兮，反为小人之所贼[24]。

比干[25]忠谏而剖心兮，箕（jī）子[26]被发而佯狂。

水背流而源竭兮，木去根而不长。

非重躯以虑难兮，惜伤身之无功。

已矣哉！独不见夫鸾凤之高翔兮，乃集大皇之壄。

循四极而回周兮，见盛德而后下。

彼圣人之神德兮，远浊世而自藏。

使麒麟可得羁而系兮，又何以异乎犬羊？

注释

①后时：失时，不及时。②鸱枭：鸟名，俗称猫头鹰，常用以比喻贪恶之人。③冉冉：形容时光渐渐流逝。④儃回：运转。⑤枉：邪曲，不正直，也指邪事或邪曲之人。⑥偷合：苟且迎合。⑦苟进：苟且进取，以求禄位。⑧或：有的人。⑨同：与……相同。⑩权概：衡器，量器。⑪推迻：变化、移动，这里指随顺君意，可推可移。⑫苟容：屈从附和以取容于世。⑬谔谔：直言争辩的样子。⑭伤：痛惜。⑮纫：搓，捻。⑯方：当今。⑰眩：迷惑，迷乱，引申为欺骗。⑱贵：重视，以为宝贵。⑲砾石：小石块，砂石。⑳梅伯：传说为商纣臣，因多次劝谏，被纣王杀害。㉑醢：古代酷刑，将人剁成肉酱。㉒来革：殷纣之佞臣“恶来”。㉓顺志：顺从自己或他人心意，这里指阿谀顺从。㉔贼：谗毁，谗害。㉕比干：商纣王的叔父，官少师，因屡次劝谏纣王，被剖心而死。㉖箕子：殷纣王大臣，见比干被剖心，假装疯癫而逃走。

译文

黄鹄没及时寄居他处，就被恶鸟群起制伏。

神龙失去大海住在陆地，被蝼蛄和蚂蚁制裁。

黄鹄和神龙尚且如此，何况贤才处于乱离之世呢。

寿命随时光的流逝日趋见减，岁月运转永不停息。

世俗之人不停地随波逐流，众邪曲聚一起揉直为枉。

有的人苟且迎合以求禄位，有的人隐居山林深藏不仕。

苦恼的是君王衡量时不细察，混同两者放在一起衡量。

有的人随顺君意屈从附和，有的人直言争辩。

痛惜国君如此是非不分，搓茅草丝线为绳索。

当今世俗之人暗昧不明，混淆白黑之分美丑之别。

龟玉放下高山深渊里，却都以粗劣的小石块为贵。

梅伯屡次劝谏却被处以酷刑，来革阿谀顺从却被重用。

悲叹仁人志士尽忠尽节，反而被小人谗害。

比干忠心劝谏却被剖心，箕子披散头发佯装疯癫。

河水背离源头就会枯竭，树木去掉根不能生长。

不是重视生命担心苦难，痛惜无法建功。

算了吧！独不见那鸾鸟凤凰高高飞翔，群集在广远无人的原野。

飞行四方边远之地回旋纵观，看见有高尚品德的人然后落下。

那些圣人品德高尚，远离混浊的世俗而自我深藏。

假使麒麟能被拘囚捆绑，又与犬羊有什么不同呢？

招隐士

对于《招隐士》这个题目，存在不同的看法。王逸《楚辞章句》认为是『闵伤屈原之作』。王夫之《楚辞通释》认为：『今按此篇，义尽于招隐，为淮南招致山谷潜伏之士。』汪瑗《楚辞集解》认为是招世俗之人隐居山林。

学者们除了对本篇题目存在异议外，对本篇作者也存在异议。王逸《楚辞章句》认为：『《招隐士》者，淮南小山之所作也。』汉初淮南王刘安喜好文艺，广招天下文士，著作辞赋。王逸认为这些辞赋就如同《诗经》里的《大雅》《小雅》一样，可以分为《大山》和《小山》。由此看来，王逸认为《招隐士》的作者是『淮南小山』，是淮南王刘安的宾客。萧统认为《招隐士》的作者是刘安，他的《文选》采录《招隐士》时直接将作者署名为刘安。

本篇给人一种森然可怖、魂悸魄动的特殊感受。作者以强烈的主观色彩，采用铺陈、夸张、渲染等手法，极写深山荒谷的艰苦险恶和虎啸猿悲的凄厉哀怨，急切地劝告所招的隐士（王孙）归来。本篇是汉代骚体赋中的精品。

桂树丛生兮山之幽，偃蹇（yǎn jiǎn）[1]连蜷[2]兮枝相缭。

山气巃嵸（lóng zōng）兮石嵯峨，溪谷崭岩兮水曾波。

猨狖（yuán yòu）群啸兮虎豹嗥，攀援桂枝兮聊淹留。

王孙游兮不归，春草生兮萋萋。

岁暮兮不自聊，蟪蛄鸣兮啾啾。

坱（yǎng）兮轧[3]，山曲岪（fú），心淹留兮恫慌忽。

罔兮沕（hū），憭兮栗，虎豹穴，丛薄深林兮人上慄。

嵚（qīn）岑碕礒（qǐ yǐ）兮碅磳磈硊（wěi wěi），树轮相纠兮林木茷骫（bá wěi）[4]。

青莎杂树兮薠草靃（suǐ）靡，白鹿麏麚（jūn jiā）兮或腾或倚。

状皃崟（yín）崟兮峨峨，凄凄兮漇（xǐ）漇。

猕猴兮熊罴（pí），慕类兮以悲。

攀援桂枝兮聊淹留。

虎豹斗兮熊罴咆，禽兽骇兮亡其曹。

王孙兮归来！山中兮不可以久留！

注释

①偃蹇：婉转委曲，屈曲。②连蜷：长曲的样子。③坱兮轧：兮，语气词。即“坱轧”，山气浓厚的样子。④茷骫：枝叶繁茂交错的样子。

译文

桂树丛生在深山幽谷，婉转弯曲树枝互相缠绕。

山上云气蒸腾山石高峻，溪谷泛起层层水波。

猿猴群悲啸虎豹吼叫，攀缘在桂树枝上久久停留。

王孙游走深山乐而忘归，春天到了青草茂盛。

一年岁末心情百无聊赖，蟪蛄发出声声悲鸣。

云气漫无边际山势曲折，心想留下却忧思忡忡。

怅惘恍惚凄凉恐惧，虎豹巢穴，草木深林令人战栗。

山石高耸危峻奇形怪状。树木横枝互相缠绕。

莎草丛生薠草细弱，白鹿獐子有的跃起有的站立。

白鹿犄角高耸兀立，它们身上的毛皮光滑润泽。

猕猴和熊罴等野兽，思慕同类发出哀鸣。

攀缘在桂树枝上久久停留。

虎豹争斗熊罴咆哮，禽类兽类惊骇四散逃离。

王孙啊，归来吧，深山之中不能长久停留。

七谏

本篇为西汉著名文学家东方朔所作。东方朔本姓张，字曼倩，是平原郡厌次县人。汉武帝即位后，征召四方士人，东方朔上书自荐，诏拜为郎。后来，他担任过常侍郎、太中大夫等职。东方朔诙谐幽默，言辞敏捷，滑稽多智，常常在武帝面前谈笑取乐，曾向武帝陈述政治得失和农战强国的计策，但武帝终究还是将他当作俳优看待，没有得到重用。

对于《七谏》题目的解读，历来就存有争议。谏有规劝的意思。王逸《楚辞章句》认为：“谏者，正也，谓陈法度以谏正君也。古者人臣三谏不从，退而待放。屈原与楚同姓，无相去之义，故加为七谏。”许慎《说文解字》认为：“谏，证也。”李善注认为《七谏》中的“七”是一种文学体裁，就是“七体”。徐师曾《文章明辨序说》认为：“七者，文章之一体也。词虽八首，而问对凡七，故谓之七；则七者，问对之别名，而《楚辞·七谏》之流也。”

初 放

题解

《初放》为《七谏》组诗中的第一篇。“初放”指的是屈原刚刚被流放的时候。本篇从屈原初遭流放写起，反映了屈原当时的情感状态以及他所持的政治立场。屈原信而见疑，忠而被谤，忠贞反遭遗弃，无辜惨遭流放，这使得他的内心异常痛苦。可以说，屈原的心情是悲愤的，他抨击楚国政治黑暗，指责楚王昏聩，群小结党营私，斥逐鸿鹄，近习鸱枭，这体现出辞人独立而坚定的情操，他宁可抱忠信而死，也不愿意随波逐流，不愿意与世俗同流合污。屈原的这种高洁情操和俗语所说的“宁为玉碎，不为瓦全”是一致的。

本篇有“数言便事兮，见怨门下”的语句，这交代出屈原被流放的原因。而篇中“穷怨君之不寤兮，吾独死而后已”两句，就明显体现了屈原誓死不与污浊势力同流合污的态度。继《初放》之后的几篇，如《怨思》《自悲》《哀命》等，都极力地渲染了这种情绪。综上所述，《七谏》有着悲愤满怀、誓死抗争的感情基调，彰显着屈原的生命魅力。

除上述所阐述外，我们也认识到，《七谏》语言上已然不像先秦楚辞那般古朴，但在通俗的特征之下也体现出汉代辞赋的优美。

平生于国兮，长于原壄。
言语讷涩①兮，又无强辅。
浅智褊（biǎn）能兮，闻见又寡。
数言便事兮，见怨门下。
王不察其长利兮，卒见弃乎原壄。
伏念思过兮，无可改者。

群众成朋兮，上浸以惑。
巧佞在前兮，贤者灭息②。
尧舜圣已没兮，孰为忠直？
高山崔巍兮，水流汤汤。
死日将至兮，与麋鹿同坑（kēng）。
块兮鞠，当道宿。
举世皆然兮，余将谁告？
斥逐鸿鹄兮，近习鸱枭。
斩伐橘柚兮，列树苦桃。
便（pián）娟之修竹兮，寄生乎江潭。
上葳蕤（wēi ruí）而防露兮，下泠泠而来风。
孰知其不合兮，若竹柏之异心。
往者不可及兮，来者不可待。
悠悠苍天兮，莫我振理。
窃怨君之不寤兮，吾独死而后已。

注释

①讷涩：形容说话木讷、迟钝。②灭息：消亡，止息。

译文

我屈原出生于国都，后来长期生活在平原旷野。
言语迟钝说话艰难，又没有强力的辅助。
才智短浅能力平平，见闻又微薄。
几次说利国之事，被国君身边的近臣怨恨。
国君不明察长远利益，最后将我放逐到原野。
退而自省反思过错，没有可以改正的。
佞臣小人结党营私，国君日渐被迷惑。

巧言令色之徒在前面，贤者消失噤声。

尧舜似的贤君已经没有了，又为谁忠诚正直呢？

崇山峻岭巍峨高耸，流水浩浩荡荡东流不止。

年老人衰死日将至，只能在郊野与兽类为伍。

我孤独一人颓然倒地，在路上露宿。

天下都是这样浑浊，我的一腔衷情向谁诉说。

他们驱逐鸿雁和天鹅，却把恶禽鸱枭亲近。

他们把甜甜的橘柚砍去，到处种植恶木苦桃。

那些美好修长的秀竹，只能在江边潭畔独处。

枝叶繁茂能够遮挡露水，下面阵阵凉风吹出。

谁能知道我与君王不合，就如竹柏一样异心。

前世的圣王我追赶不上，后世的贤君又等不及见面。

悠悠苍天，你为何不把我解救怜悯。

怨恨君王他不醒悟，只有保持节操，死而后已。

沉 江

题解

屈原不愿随波逐流，公元前278年，秦国大将白起带兵南下，攻破楚国都城郢都，屈原的政治理想破灭了，没有前途，空有报国之心，却无力回天，只好以死明志。那一年农历的五月五日，屈原满怀怨恨，抱着一块大石头，跳汨罗江自杀了。附近的庄稼人得到消息后，都划着船来救屈原，可江水恣意，哪里还有屈原的影子?！众人在汨罗江捞了很长时间，也没有找到屈原的尸体。渔父很难受，面对波涛滚滚的江面，他将竹筒里的米撒了下去，算是献给屈原的。此后，人们将农历五月初五定为端午节，举行吃粽子、赛龙舟、戴五色丝等多种活动纪念屈原。

本篇描述了屈原投江前的复杂心情。本篇风格和《离骚》《九章》是相似的，皆通过追溯回忆历史上的忠臣奸佞，通过现实中黑白正邪的尖锐对立来表达被排挤被打压的苦闷，最后发出失望的呼唤。但即便如此，屈原依然不愿与奸佞小人同流合污，又难忍国家衰败的结局，只好选择死亡之路。屈原爱国，一生都致力于实现祖国的安定强盛，直至最后抱石自沉，以身殉国。屈原，成为一个爱国典范，永远伫立于中华民族五千多年璀璨的历史文化长河中！后人以“屈原沉江”“沉江”“投汨”来类比那些忧国忧民、为国家危难不惜献出生命的人。

惟往古之得失兮，览私微[①]之所伤。
尧舜圣而慈仁兮，后世称而弗忘。
齐桓失于专任兮，夷吾忠而名彰。
晋献惑于孋姬兮，申生孝而被殃。
偃王行其仁义兮，荆文寤而徐亡。

纣暴虐以失位兮，周得佐乎吕望。
修往古以行恩兮，封比干之丘垄。
贤俊慕而自附[②]兮，日浸淫而合同。
明法令而修理兮，兰芷幽而有芳。
苦众人之妒予兮，箕子寤而佯狂。
不顾地以贪名兮，心怫郁而内伤。
联蕙芷以为佩兮，过鲍肆而失香。
正臣端其操行兮，反离谤而见攘。
世俗更而变化兮，伯夷饿于首阳。
独廉洁而不容兮，叔齐久而逾明。
浮云陈而蔽晦兮，使日月乎无光。
忠臣贞而欲谏兮，谗谀毁而在旁。
秋草荣其将实兮，微霜下而夜降。
商风肃而害生兮，百草育而不长。
众并谐[③]以妒贤兮，孤圣特而易伤。
怀计谋而不见用兮，岩穴处而隐藏。
成功隳（huī）而不卒兮，子胥死而不葬。
世从俗而变化兮，随风靡而成行。
信直退而毁败兮，虚伪进而得当。
追悔过之无及兮，岂尽忠而有功。
废制度而不用兮，务行私而去公。
终不变而死节兮，惜年齿之未央。
将方舟而下流兮，冀幸君之发矇。
痛忠言之逆耳兮，恨申子之沉江。
愿悉心之所闻兮，遭值君之不聪。
不开寤而难道兮，不别横之与纵。
听奸臣之浮说兮，绝国家之久长。

灭规矩而不用兮，背绳墨之正方。

离忧患而乃寤兮，若纵火于秋蓬。

业失之而不救兮，尚何论乎祸凶？

彼离畔而朋党兮，独行之士其何望？

日渐染而不自知兮，秋毫④微哉而变容。

众轻积而折轴兮，原咎杂而累重。

赴湘沅之流澌兮，恐逐波而复东。

怀沙砾而自沉兮，不忍见君之蔽壅。

注释

①私微：私心偏爱奸佞，听信其谗言。②自附：自己前来投奔。③并谐：串通一起。④秋毫：鸟兽在秋天新长出来的细毛，比喻细微食物。

译文

思古往今来的兴衰，观览谗言的诋毁中伤。

尧舜圣明仁慈，后世称赞不能遗忘。

齐桓公失于任用佞臣，管仲忠诚声名显扬。

晋献公被骊姬魅惑，申生因孝顺被谗言所害。

徐偃王行仁政不备武装，被楚文王发现后徐国灭亡。

殷纣王因残酷暴虐而丧失王位，周得天下因有贤臣吕望。

仿效古人施行恩义，封赐比干之墓以示表扬。

贤能俊杰慕名投奔，上下齐心天长地久。

政令严明制定治国良策，让忠贤之士展示才华。

忧郁众人对我嫉妒，箕子及时觉悟装疯癫狂。

不顾念国家而追逐名利，我胸中苦闷而感伤。

把芳草蕙芷结成佩带于身，经过鲍鱼之肆丧失芬芳。

正直臣子品行端正，反要遭到诬蔑毁谤。

俗世之人改变了廉洁作风，伯夷宁肯饿死首阳。

独守廉正不容于世，时间越久叔齐名声越响。

天空中乌云密布遮掩阳光，使得日月暗淡无光。

正直忠诚之臣想要进谏，奸臣却在君旁进谗诽谤。

秋天百草都要结实，寒霜在夜里悄悄降落。

凛冽西风残害着万物，使百草枯萎不能生长。

群小都嫉妒贤能，贤人特立独行更易受伤。

我身怀良策而不被重用，只能在岩穴中藏身隐居。

伍子胥功成却不能善终，被逼而死不能归葬。

世人从俗与世沉浮，如草随风不讲立场。

诚信正直之人被贬斥，虚伪奸佞之人身显名扬。

国危之时懊悔已晚，即使尽忠也难现辉煌。

废弃先王法度不用，致力于追求私利不为百姓谋利。

永远坚守操行不改变为保全节操而死，叹息年纪尚轻不愿死亡。

我将乘坐小船顺流而下，希望国君能够醒悟。

痛惜忠诚的言论不中听，遗憾伍子胥被杀沉江。

愿意把心中知晓的史实全告诉君王，可君王不明察。

君王不醒悟难以陈述，不能辨别横竖。

听取奸臣虚浮的假话，国家命运难以长久。

废除先王法制，违背朝纲。

遭遇忧患后才醒悟，好像在秋季的蓬草上放火。

已经犯错却不拯救，尚且谈论什么祸福吉祥。

小人离心背叛结党营私，被孤立的正直之人有什么指望。

时代渐渐变化自己却不知道，秋毫虽微小也能改变容貌。

众多轻的东西积压就会折断车轴，大错由小错累积而成。

投入湘、沅的流水中，恐怕随着浪波又要向东。

怀抱沙石沉江，不忍心看见君王被蒙蔽。

怨 世

《怨世》这个篇题，有对世俗不满和憎恨的意思。本篇是借屈原的口吻来写的，写屈原流放中投江前对当时楚国黑暗世道的怨恨之情。篇中罗列了社会人事、花鸟禽兽、神仙传说等多重意象，哀叹楚王昏聩、小人谗佞，怨恨风俗败坏，感情激烈，振聋发聩。

作为一篇有着浓郁政论色彩的骚体韵文，《怨世》抨击了当时的政治环境和社会现实。篇章最先两句“世沉淖而难论兮，俗岭峨而嵯”，是从整体上作出评价，直陈社会上下风气邪僻、贤愚错位的严峻局面，如“枭鸮既以成群兮，玄鹤弭翼而屏移”，再如“蓬艾亲入御于床第兮，马兰踸踔而日加”，都是对上述情形的描述。文章采用多重对比，借以说明屈原虽胸怀大志，但处于当时污浊的末世，根本无法实现理想。屈原想要离楚远去，又怕因此违背法纪，败坏清誉，他想保全性命，但又不能容忍奸佞小人蒙蔽君主、恣意妄为，可以说他有着坚定的政治立场，但内心世界是复杂而矛盾的。

世沉淖（chén nào）[①]而难论兮，俗岭（yín）峨[②]而嵾嵯（cēn cī）[③]。
清泠泠而歼灭兮，溷湛湛而日多。
枭（xiāo）鸮[④]既以成群兮，玄鹤弭（mǐ）翼[⑤]而屏移[⑥]。
蓬艾亲入御于床第兮，马兰踸踔而日加。
弃捐药芷与杜衡兮，余奈世之不知芳何。
何周道之平易兮，然芜秽而险戏。
高阳[⑦]无故而委尘[⑧]兮，唐虞[⑨]点灼[⑩]而毁议。
谁使正其真是兮，虽有八师而不可为。
皇天保其高兮，后土持其久。
服清白以逍遥兮，偏与乎玄英异色。

西施媞媞而不得见兮，嫫母勃屑而日侍。

桂蠹不知所淹留兮，蓼虫不知徙乎葵菜。

处湣湣之浊世兮，今安所达乎吾志？

意有所载而远逝兮，固非众人之所识。

骥踌躇于弊輂兮，遇孙阳而得代。

吕望穷困而不聊生兮，遭周文而舒志。

宁戚饭牛而商歌兮，桓公闻而弗置。

路室女之方桑兮，孔子过之以自侍。

吾独乖剌而无当兮，心悼怵而耄思。

思比干之恲恲兮，哀子胥之慎事。

悲楚人之和氏兮，献宝玉以为石。

遇厉武之不察兮，羌两足以毕斮（zhuó）。

小人之居势兮，视忠正之何若？

改前圣之法度兮，喜嗫嚅而妄作。

亲谗谀而疏贤圣兮，讼谓闾娵（jū）为丑恶。

愉近习而蔽远兮，孰知察其黑白？

卒不得效其心容兮，安眇眇而无所归薄。

专精爽以自明兮，晦冥冥而壅蔽。

年既已过太半兮，然埳坷而留滞。

欲高飞而远集兮，恐离罔而灭败。

独冤抑而无极兮，伤精神而寿夭。

皇天既不纯命兮，余生终无所依。

愿自沉于江流兮，绝横流而径逝。

宁为江海之泥涂兮，安能久见此浊世？

注释

①沉淖：沉溺，腐败没落。②岭峨：高下不齐的样子。③嵾嵯：通“参差”。④枭

鸮：泛指恶鸟。⑤弭翼：收敛羽翼，喻隐退。⑥屏移：退隐。⑦高阳：帝颛顼，号高阳。⑧委尘：被尘玷污，比喻受到诬蔑。⑨唐虞：唐尧与虞舜的并称，亦指尧与舜的时代。⑩点灼：诬蔑毁伤。

译文

社会腐败没落很难评说，世俗不辨是非，贤愚颠倒。

廉正纯洁之人已经没有，龌龊之徒日日增多。

猫头鹰都已成群结队，玄鹤收敛双翅离开。

蒿艾受到喜爱铺满床上，马兰丰茂越长越多。

他们扔弃药芷与杜衡，世人不识芳草我能怎样。

为何宽广平直的大路，现已荒芜破损危险很多。

古帝高阳无敌遭冤，尧舜圣明也遭讥讽。

让谁来主持正义，虽有贤士也无能为力。

苍天永远高高在上，大地宽厚广博日久天长。

我衣裳干净自在逍遥，偏偏不与贪污之人同流合污。

西施尽管美也难奉君王，嫫母尽管丑却常伴君旁。

桂树上的蛀虫不懂满足停留，蓼虫吃惯苦菜不懂葵叶。

我处在这昏暗浊恶之世，现在怎能实现我的志向？

我满怀壮志却要远走，本来不是众人所能了解。

拉着破车骏马迟疑不前，遇到伯乐才能够解脱。

吕望贫困无以为生，遇到文王展示雄才大略。

宁戚夜里喂牛唱着悲歌，齐桓公听到后使他不再闲置。

客舍边的姑娘正在采桑，她的贞洁，让经过的孔子起敬。

只有我与时相违不容于世，心中凄伤愁绪杂乱。

想念比干忠诚正直，哀悼子胥侍君谨慎得当。

楚人卞和遭遇令人叹息，献出宝玉却被错认为石头。

遇到厉王、武王不加查实，两脚都被砍掉身受迫害。

小人处于高位，把忠诚正直的人当作什么看呢？

修改先圣的法令制度，喜欢窃窃私语而任意胡为。

亲近喜说谗言爱奉承的小人而疏远贤才，控诉闾娵为丑女。

君王宠爱亲信的人，谁知道明察是非黑白？

始终不能效力心中的君王，前路孤独无依不知归宿何方。

专一忠贞使自己光明磊落，世道黑暗仕途阻塞。

年已半百，然而道路坎坷无法进取。

想高高飞翔到他乡去，恐怕遭受谗害而损毁声名。

独自承受冤屈压抑无穷无尽，身心受伤寿命减损。

上天既然这样反复不定，我的一生终究无依无靠。

愿自己沉没于江河流水，自绝于江流远逝。

宁愿成为江河湖海的泥沙，哪里能够长久地看着这浑浊的世俗？

怨 思

题解

《怨思》这首辞很短，根本不像一首完整的辞，反而像其中的一段。东方朔这样做是有意强调对君主的忠诚，怒斥蒙骗圣听的群小。

本篇也提到了介子推，说："子推自割而君兮，德日忘而怨深。"介子推是春秋时期的晋国人，他"割股奉君"，隐居"不言禄"，连他的邻居都为他鸣不平，晋文公也后悔自己忘恩负义，忙派人去召介子推受赏，得知介子推隐居绵山后，便亲自带人去寻访。绵山蜿蜒数十里，重峦叠嶂，谷深林密，竟无法可循。晋文公求人心切，他听信小人的话，下令三面烧山，想让介子推自己出来。没料到大火烧了三天，众人连介子推的影子都没见到。后来，有人在一棵枯柳树下发现了介子推母子的尸骨。晋文公悲痛万分，哭拜安葬介子推，发现了柳树洞中介子推劝谏他勤政清明的血书。晋文公重耳深为愧疚，遂改绵山为介山，立庙祭祀，并产生了"寒食节"。

自古以来，人们都认为介子推死得冤屈，屈原却对此产生怀疑。屈原认为介子推用自己的死为晋文公作了最后一场政治秀，介子推忠心耿耿却不能明说，他将自己弄成怨妇模样，使人觉得他虽然忠诚却过于矫情，为晋文公树立了仁义形象，认为他死于忠而非死于怨。介子推和晋文公的政治手腕，并没能骗过王族出身的屈原，可天下又有几人愿意相信必死之人的话呢？屈原的质疑犹如他自己一样，被滔滔的江水淹没了。

很显然，东方朔是不相信屈原的质疑的。

贤士穷[①]而隐处[②]兮，廉方正而不容。
子胥谏而靡躯[③]兮，比干忠而剖心。

子推[4]自割而[5]饫君兮，德日忘而怨深。

行明白[6]而曰黑兮，荆棘聚而成林。

江离[7]弃于穷巷[8]兮，蒺藜（jí lí）[9]蔓乎东厢[10]。

贤者蔽而不见兮，谗谀进而相朋[11]。

枭鸮并进而俱鸣兮，凤凰飞而高翔。

愿壹往而径逝兮，道壅绝而不通。

①穷：特指不得志，与“达”相对。②隐处：隐居。③靡躯：粉身碎骨。④子推：春秋时晋国人，姓介，也称介之推、介推。⑤饫：拿食物给人吃。⑥明白：清白，光明。⑦江离：香草名，又名“蘼芜”，也作“江蓠”。⑧穷巷：冷僻简陋的小巷。⑨蒺藜：恶草名。⑩东厢：古代庙堂东侧的厢房，后泛指正房东侧的房屋。⑪相朋：互相结为朋党。

贤达之人不得志因而隐居，廉洁清白不容于世。

伍子胥因劝谏粉身碎骨，比干忠义却被剖心。

介子推自割腿肉喂食国君，恩德日益被遗忘怨恨加深。

举止清白却被蔑称为污浊，荆棘聚集逐渐成林。

江离被弃置于冷僻简陋的小巷，蒺藜蔓延至正房东侧的房屋。

贤才受到排挤难以见到君王，馋人佞臣被重用互相结为朋党。

恶鸟结群飞翔一起鸣叫，凤凰高高飞翔。

希望觐见君王一谏后远远离开，可是道路阻隔断绝不畅通。

自 悲

《自悲》既展现了屈原刚强的一面，又展现了柔弱的一面，刻画了他被流放时的矛盾心理，塑造了屈原悲剧性的巨人形象。

楚辞和汉赋具有源流关系，相关研究多以汉代骚体赋为主体，将骚体赋对楚辞的接受作为重要参考。仔细考察汉赋全貌可知，楚辞对汉赋的影响体现在骚体赋和非骚体赋两个领域，即便是在骚体赋范围内，楚辞的影响也有不同的体现。屈原楚辞中的齐言句式对汉赋有着影响，就《楚辞章句》所录汉代骚体赋而言，影响是尤为深刻的。

《楚辞章句》所录骚体赋中，较早的作品还是以杂言句式为主、齐言句式为辅的，如《惜誓》，全篇共38句，上七下六的句式仅有两处，每处4句，共8句，《哀时命》的情况也类似。上述两篇作品中的齐言句式所占比重不大，但自东方朔的《七谏》开始，就出现了明显的转变。《初放》《怨世》《怨思》《谬谏》四篇仍然是以杂言句式为主的，但余下的《自悲》《沉江》《哀命》三篇，就有所不同了。如《自悲》，共有34句，从12句以下几乎全是上七下六的句式，且上句七言中包含“兮”字，如果将虚词“兮”字忽略掉，那就都成为六言齐言句式了。可见，在东方朔创作《七谏》时，汉代骚体赋中的杂言句式比重已经有所减弱。

居愁懃（qín）①其谁告兮，独永思而忧悲。
内自省而不惭兮，操愈坚而不衰。
隐三年而无决兮，岁忽忽其若颓。
怜余身不足以卒意兮，冀一见而复归。
哀人事之不幸兮，属天命而委之咸池②。

身被疾而不闲兮，心沸热其若汤。
冰炭不可以相并兮，吾固知乎命之不长。
哀独苦死之无乐兮，惜予年之未央。
悲不反余之所居兮，恨离予之故乡。
鸟兽惊而失群兮，犹高飞而哀鸣。
狐死必首丘兮，夫人孰能不反其真情？
故人疏而日忘兮，新人近而俞好。
莫能行于杳冥兮，孰能施于无报？
苦众人之皆然兮，乘回风而远游。
凌恒山其若陋兮，聊愉娱以忘忧。
悲虚言之无实兮，苦众口之铄金。
过故乡而一顾兮，泣歔欷而沾衿。
厌白玉以为面兮，怀琬琰以为心。
邪气入而感内兮，施玉色而外淫。
何青云之流澜兮，微霜降之蒙蒙[3]。
徐风至而徘徊兮，疾风过之汤汤。
闻南藩乐而欲往兮，至会稽而且止。
见韩众而宿之兮，问天道之所在。
借浮云以送予兮，载雌霓而为旌。
驾青龙以驰骛兮，班衍衍之冥冥。
忽容容其安之兮，超慌忽其焉如？
苦众人之难信兮，愿离群而远举。
登峦山而远望兮，好桂树之冬荣。
观天火之炎炀兮，听大壑之波声。
引八维以自道兮，含沆瀣以长生。
居不乐以时思兮，食草木之秋实。
饮菌若之朝露兮，构桂木而为室。

杂橘柚以为囿兮，列新夷与椒桢。

鹍鹤孤而夜号兮，哀居者之诚贞④。

注释

①愁懃：愁苦。②咸池：天神。③蒙蒙：形容霜浓重的样子。④诚贞：诚信正直。

译文

处境愁苦向谁倾诉，独自内省心中无限悲哀。

自我反思感觉问心无愧，信心十足操守更加坚定。

我被流放三年没有回朝诏令，岁月匆匆如水流淌。

可怜我一生终不得志，希望回到故乡再见君王。

哀痛我的遭遇总是不幸，只能将命运归之上苍。

身患疾病不能恢复，五内俱焚像沸腾的热水。

冰和炭不可共存啊，本就知道我的寿命不长。

孤苦无乐而死让人悲哀，可惜我还年轻就要死去。

悲叹不能回到我的故居，遗憾啊离开了我的故乡。

鸟兽遭到惊吓离群失散，还会高高飞翔哀鸣悲哀。

狐狸死时头向故丘，人老将死也想落叶归根。

旧臣远离渐渐淡忘，新贵亲近备受宠爱。

谁能默默无闻独行暗中，谁能付出而不求回报？

苦恼众人都把名利追逐，我只能借旋风外出远游。

登临恒山感觉它太渺小，我暂且在这里快乐忘忧。

谗言没有凭证令人可悲，金子也会在众人之口熔化。

路过故乡时我回头一望，悲伤的热泪已打湿衣裳。

面敷白玉作为妆容啊，内揣美玉琬琰表达忠心。

邪恶俗气虽想侵入体内，玉的本色不变外表放光。

天上乌云为何翻卷波澜，微霜正在迷迷蒙蒙降落。
轻风吹来使我徘徊飘荡，阵阵疾风吹过猛烈异常。
听说南国快乐我想前去，来到会稽山上休息。
看到仙人韩众在此停宿，我就求教他天道在何方。
借助浮云送我去远游，彩虹为旗帜在车上飘扬。
驾着青龙的车向前奔跑，我的车快速地奔向远方。
一路飘飘荡荡散漫无依，前途迷茫到底奔向何处？
众人很难信任使人痛苦，宁可离开他们远走他乡。
攀登小小山岗远远眺望，惊喜桂树冬天花朵开放。
看见天火炽盛异常，听到大海波涛汹涌激荡。

我揽持八维而引导自己，吸饮夜半清气以求命长。
居处不快乐我常常忧思，我吃草木秋天结的果实。
我喝菌若上早晨的露水，用桂木来建造我的居室。
我在园圃中种植橘和柚，还培养辛夷花椒女贞子。
鹍鸡白鹤夜里孤苦啼鸣，哀痛隐居的我忠信正直。

哀 命

题解

《哀命》这个篇名来自篇首“哀时命之不合兮，伤楚国之多忧”两句。辞人东方朔借屈原的口吻，悲叹屈原生不逢时，也哀叹楚国多难多忧，将屈原怀才不遇的命数和楚国多灾多难的现实联系起来。

从本篇情感内容来看，“我决死而不生兮，虽重追吾何及”两句，讲屈原决心一死，不愿求生，即使再三追怀，他仍旧是这样，这是屈原发誓赴死发出的哀叹。篇末的“戏疾濑之素水兮，望高山之蹇产”两句，讲屈原游戏于急流清水中，仰望险峻崎岖的高山，刻画了屈原投水的决心和他如山的志向。而本篇结语“哀高丘之赤岸兮，遂没身而不反”，描写了在危险的赤岸边，将再也见不到屈原的孤寂身影了，他将投身江中，不愿回还。

综合来看，这首诗哀的是屈原的性格悲剧和楚国的政治悲剧。

哀时命之不合兮，伤楚国之多忧。
内怀情之洁白兮，遭乱世而离尤。
恶耿介之直行兮，世溷浊而不知。
何君臣之相失兮，上沅湘而分离。
测汨罗之湘水兮，知时固而不反。
伤离散之交乱兮，遂侧身而既远。
处玄舍[①]之幽门兮，穴岩石而窟伏。
从水蛟而为徒兮，与神龙乎休息。
何山石之崭岩兮，灵魂屈而偃蹇。
含素水而蒙深兮，日眇眇而既远。

哀形体之离解兮，神罔两而无舍。
惟椒兰之不反兮，魂迷惑而不知路。
愿无过之设行兮，虽灭没之自乐。
痛楚国之流亡兮，哀灵修之过到。
固时俗之溷浊兮，志瞀迷而不知路。
念私门之正匠兮，遥涉江而远去。
念女媭之婵媛兮，涕泣流乎於悒（wū yì）。
我决死而不生兮，虽重追吾何及。
戏疾濑[2]之素水兮，望高山之蹇产。
哀高丘之赤岸兮，遂没身而不反。

注释

①玄舍：暗室。②疾濑：湍急的流水，湍流。

译文

哀叹我的命运与世不合，感伤楚国多灾多难。
内心志节纯洁无瑕，遭遇动乱时代多灾多祸。
世人憎恶廉洁正直，世俗黑暗浑浊却不重视贤才。
为何明君贤臣互失其所，我在沅湘逆流而上与国君分离。
暗自揣摩汇入湘水的汨罗江，知道世俗鄙陋不愿返回。
哀伤远离君王心神迷乱，于是戒惧不安被流放远方。
处于暗室寄托精神，我穴居山中在洞中隐藏。
同水中蛟龙相依为伴，随着神龙一同休息活动。
高高山峰巍峨壮丽，灵魂屈困不得伸展。
我饮用无尽洁净清泉，太阳隐没渐行渐远。
叹息我的身体精疲力竭，恍恍惚惚魂魄无所依靠。
佩带椒兰绝不后悔，魂不守舍不知路途。

我愿终无过错坚持己行，尽管死后无名我也甘心。

悲痛楚国命运即将危亡，哀伤君王犯下这样过错。

世俗本来就是如此混乱，我不知去路心中茫然。

想到政教出自权臣之门啊，便有涉江远去的想法。

想到女媭对我眷念牵挂，不禁泪流满面哀叹悲伤。

我决心一死而不愿求生，尽管一再追怀也于事无补。

我游戏在急流清水之间，远望曲折险峻的高山。

叹息楚国高丘的赤岸，我将投身江中不再回还。

谬谏

题解

从篇名《谬谏》来看，狂者之妄言叫谬。谬谏，是辞人东方朔谦虚的说法。洪兴祖《楚辞补注》指出："《汉书·东方朔传》：'亦郁邑子不登用。'故因命此章为《谬谏》。若云谬语，因托屈原以讽汉主也。""谬"相当于"谲"。对此，《毛辞·序》认为："谲谏，咏歌依违不直谏。"谲谏就是以旁敲侧击的方式对君主尊长进行劝谏。

这首辞写出了屈原怀才不遇的悲愤和积极出世的强烈愿望，其实，辞中也蕴含着东方朔自己求谏汉武帝的希望以及抑郁不得志的悲哀。

东方朔有"滑稽之雄"的称号，但滑稽诙谐并非东方朔的生命理想，而不过是他"避世于朝廷间"的策略。东方朔博闻强识、诙谐幽默，但在他诙谐的背后是热切的济世之心，他期许能成为"天子大臣"，并努力实践，"时观察颜色，直言切谏"。他胸怀大志，也的确很有才能，但汉武帝看重的只是他"口谐辞给"、行为滑稽之类，可使"上大笑"，非但不重用他，还"以倡优蓄之"。不满于这种处境的东方朔自然只好通过文学创作来排遣苦闷，将满腔的不平和幽怨倾注到作品中去。

怨灵修之浩荡兮，夫何执操之不固。
悲太山之为隍兮，孰江河之可涸。
愿承闲[①]而效志兮，恐犯忌而干讳。
卒抚情以寂寞兮，然怊怅而自悲。
玉与石其同匮兮，贯鱼眼与珠玑。
驽骏杂而不分兮，服罢牛而骖骥。

年滔滔[2]而自远兮，寿冉冉而愈衰。

心悇憛而烦冤兮，蹇超摇而无冀。

固时俗之工巧兮，灭规矩而改错。

却骐骥而不乘兮，策驽骀而取路。

当世岂无骐骥兮，诚无王良之善驭。

见执辔者非其人兮，故驹跳[3]而远去。

不量凿而正枘兮，恐矩矱之不同。

不论世而高举兮，恐操行之不调。

弧弓弛而不张兮，孰云知其所至？

无倾危之患难兮，焉知贤士之所死？

俗推佞而进富兮，节行张而不著。

贤良蔽而不群兮，朋曹比而党誉。

邪说饰而多曲兮，正法弧而不公。

直士隐而避匿兮，谗谀登乎明堂。

弃彭咸之娱乐兮，灭巧倕之绳墨。

菎蕗（kūn lù）杂于黀（zōu）蒸兮，机蓬矢以射革。

驾蹇驴而无策兮，又何路之能极？

以直针而为钓兮，又何鱼之能得？

伯牙之绝弦兮，无锺子期而听之。

和抱璞而泣血兮，安得良工而剖之？

同音者相和兮，同类者相似。

飞鸟号其群兮，鹿鸣求其友。

故叩宫而宫应兮，弹角而角动。

虎啸而谷风至兮，龙举而景云往。

音声之相和兮，言物类之相感也。

夫方圆之异形兮，势不可以相错。

列子隐身而穷处兮，世莫可以寄托。

众鸟皆有行列兮，凤独翔翔而无所薄。
经浊世而不得志兮，愿侧身岩穴而自托。
欲阖口而无言兮，尝被君之厚德。
独便悁（pián yuān）④而怀毒⑤兮，愁郁郁之焉极。
念三年之积思兮，愿壹见而陈词。
不及君而骋说兮，世孰可为明之。
身寝疾而日愁兮，情沉抑而不扬。
众人莫可与论道兮，悲精神之不通。
乱曰：
鸾皇孔凤日以远兮，畜凫驾（jiā）鹅。
鸡鹜满堂坛兮，鼃黾（wā měng）⑥游乎华池。
要袅（niǎo）奔亡兮，腾驾橐（luò）驼。
铅刀进御兮，遥弃太阿。
拔搴玄芝兮，列树芋荷。
橘柚萎枯兮，苦李旖旎。
甂瓯登于明堂兮，周鼎潜乎深渊。
自古而固然兮，吾又何怨乎今之人！

注释

①承闲：等待时机。②滔滔：形容时间流逝。③驹跳：弯身跳跃。④便悁：忧愤。⑤怀毒：心怀怨愤。⑥鼃黾：皆蛙类。

译文

埋怨楚怀王荒唐，他的志节为何如此不坚。
悲叹泰山变成护城壕，大江大河的水会枯竭！
愿意趁机会报效君王，恐怕会触犯忌讳。
最终压抑感情无言以对，然而内心惆怅悲伤。

美玉和石头共同装在匣中，把鱼眼和珠玉串在一起。

劣马骏马混杂一起不能区分，老牛在车架中央骏马却在旁边。

岁月不停流逝越来越远，寿命渐渐地减少越来越衰老。

心里忧苦悲伤烦躁愤懑，心神不宁毫无希望。

世俗之人善于投机取巧，废止法度又把规矩改变。

弃置千里马不去驾乘，驾驭劣马上路缓慢前行。

当今难道真的没有千里驹，确实是没有王良善于驾驭。

骏马见执鞭的不是好手，就连蹦带跳远远逃离。

不衡量凿孔就削好木柄，恐怕尺寸标准不会一样。

不察世风远远离去，唯恐操行难合于众。

弓弦松缓还没拉开，谁能知晓它能射到哪里？

国家还未出现危险患难，怎能知道贤士为国而死？

世俗推行谄佞以富为荣，操持品行很难得到重视。

贤良受到排挤非常孤立，谗佞结党互相举荐。

歪曲之说巧经粉饰，法度扭曲不再公正。

忠诚的人都已隐居避世，好吹好捧之徒登堂入室。

丢弃彭咸廉洁正直行为，废止了倕订立的尺度。

香草麻秆混合一起为烛，用蓬蒿做箭射向牛皮之盾。

驾着跛脚毛驴又无鞭子，哪一条路途能到目的地？

用直针为钓去钓鱼，又能钓得到什么大鱼？

伯牙不再拨弄琴弦，是因为丧失知音钟子期。

卞和抱着璞玉泪尽血出，怎能得到良匠雕出宝玉。

同音相应才能呼应谐合，同类相聚才能彼此相配。

飞鸟鸣叫是在呼唤朋友，麋鹿鸣叫是在寻找伴侣。

叩击宫器则宫调相合，弹奏角器则角调齐鸣。

猛虎长啸山谷卷起大风，神龙飞翔彩云伴行。

音与声互相对立而协调，如同万物同类彼此感应。

所以方与圆的形状不同，其势很难错杂混同一形。

列子隐居避世境况穷困，因为世道混浊无处安身。

凡世之鸟都是各自成群，唯有凤凰独飞无所依靠。

身处浊世有志难酬，宁可隐居岩洞避开浊世。

我想闭口不言国家大事，又感念曾受君王厚恩。

我独自忧愁而心怀憎恨，愁恨无限何时是尽头。

怀念流放三年忧思积聚，希望见君一面向他陈述。

没能遇上贤君尽情直谏，人世黑暗又向谁去说明。

染病在床日日忧愁郁闷，心情压抑难以表达内心。

无人能够和我谈论道理，叹息我的精神不得畅通。

结束曲：

鸾鸟凤凰孔雀一天天地飞向远方，人们都养野鸭野鹅。

家鸡家鸭充满庭院，青蛙在华丽的水池中游来游去。

骏马奔走不见，人们却骑着骆驼。

把铅质的刀进献给君王，远远地抛弃太阿剑。

拔取除尽玄芝，到处栽种芋头。

橘树和柚树枯萎凋零，苦李树却枝繁叶茂。

粗陋的陶质盆瓮摆在明亮的殿堂，周朝的鼎却被抛到水底。

从古开始就这样颠倒黑白，我又何必怨恨当今的世俗。

哀时命

《哀时命》为严忌所作。严忌，会稽人，西汉文景时的辞赋家。严忌原本姓庄，因为避讳汉明帝刘庄的讳，改姓为严。严忌和司马相如一样喜欢辞赋，但因为汉景帝不好辞赋，他不得志，不得已去投奔了吴王刘濞。后来，吴王谋反，严忌自知不能劝谏，便离开吴国，投奔梁国的梁孝王了。严忌深得梁孝王器重，和邹阳、枚乘等人同列，被尊称为夫子。《汉书·艺文志》记载严忌有二十四篇辞赋，现存辞赋仅有《哀时命》一篇。

《哀时命》这个篇名是从首句「哀时命之不及古人兮」得来的。对于本篇的主旨，王逸《楚辞章句》认为：「忌哀屈原受性忠贞，不遭明君而遇暗世，斐然作辞，叹而述之，故曰《哀时命》也。」由此看出，王逸认为《哀时命》是「哀屈原」之作。但审读本篇的主旨，王逸的说法不够准确，实际是严忌抒发自身情怀，感叹自己生不逢时、不为世用的苦闷。

哀时命之不及古人兮，夫何予生之不遘（gòu）[1]时。
往者不可扳援兮，倈者不可与期。
志憾恨而不逞兮，杼中情而属诗。
夜炯炯而不寐兮，怀隐忧而历兹。
心郁郁而无告兮，众孰可与深谋？
欿（kǎn）愁悴而委惰兮，老冉冉而逮之。
居处愁以隐约兮，志沉抑而不扬。
道壅塞而不通兮，江河广而无梁。
愿至昆仑之悬圃兮，采钟山之玉英。
擥（lǎn）瑶木之橝枝兮，望阆风之板桐。
弱水汩其为难兮，路中断而不通。
势不能凌波以径度兮，又无羽翼而高翔。
然隐悯而不达兮，独徙倚而彷徉。
怅惝罔以永思兮，心纡轸（zhěn）而增伤。
倚踌躇以淹留兮，日饥馑而绝粮。
廓抱景[2]而独倚兮，超永思乎故乡。
廓落寂而无友兮，谁可与玩此遗芳？
白日晼晚其将入兮，哀余寿之弗将。
车既弊而马疲兮，蹇邅（zhān）徊而不能行。
身既不容于浊世兮，不知进退之宜当。
冠崔嵬而切云兮，剑淋离而从横。
衣摄叶以储与兮，左袪挂于榑桑。
右衽拂于不周兮，六合不足以肆行。
上同凿枘于伏戏兮，下合矩矱于虞唐。
愿尊节而式高兮，志犹卑夫禹汤。
虽知困其不改操兮，终不以邪枉害方。
世并举而好朋兮，壹斗斛而相量。

众比周[3]以肩迫兮，贤者远而隐藏。

为凤皇作鹑笼兮，虽翕（xī）翅其不容。

灵皇其不寤知兮，焉陈词而效忠？

俗嫉妒而蔽贤兮，孰知余之从容？

愿舒志而抽冯兮，庸讵[4]知其吉凶？

璋珪杂于甑窐（zèng guī）兮，陇廉与孟娵（jū）同宫。

举世以为恒俗兮，固将愁苦而终穷。

幽独转而不寐兮，惟烦懑而盈匈。

魂眇眇而驰骋兮，心烦冤之忡忡。

志欿憾而不憺兮，路幽昧而甚难。

注释

①遘：遇到。②抱景：守着影子。③比周：亲密苟合。④庸讵：怎么就。

译文

哀叹命运没赶上古代贤人，为何我的出生不逢时！

往昔先贤不能依附，后人不能期待。

心里怨恨不满意抱负不能施展，表达思想情感因而作诗。

夜晚双目不闭不能入睡，心中深深地忧虑时间流逝。

心中愁苦无人诉说，众人中谁能与我深入交往。

忧愁憔悴精神疲倦，渐渐衰老我虚度了光阴。

隐居深山居处困苦，心志压抑难以表达。

道路阻塞不通畅，大江大河广阔却没有桥。

想去昆仑山顶的悬圃，采集钟山上的美玉。

折玉树上长长的枝条，望着阆风巅上板桐山。

弱水浩瀚翻腾让我为难，路途中断不畅通。

情势使我不能乘船直接渡过，又没有翅膀高高飞翔。

隐忍心态而忧伤不能表达，独自逡巡徘徊。

失意惊惧让我长思不绝，心中委屈而隐痛增添悲伤。

徘徊犹豫我久留在深山，但庄稼收成很差日益断粮。

孤独地守着影子独自徘徊，长久地思念故乡。

落寞寂寥没有朋友，谁能与我一起玩赏古贤遗范？

太阳偏西将要落下，哀叹我的寿命不能长久。

车子已经破旧马很疲劳，徘徊不前难以前进。

我既不能容于浑浊的世俗，又不知道进退是否适当。

我头戴高耸入云的帽子，佩带长长宝剑豪情奔放。

衣服太过宽大难以舒展，左边衣袖挂在扶桑树上。

右边衣襟掠过不周山，天地四方不能随意来往。

上溯不能与伏羲配合，往后也不能辅佐虞唐。

希望谦退节制而取法高洁，心里对大禹、商汤还瞧不上。

我既知困顿不能变节，一直不用邪恶危害正良。

世人相互推荐成群结党，好坏善恶不分待遇相同。

群小亲密相合并肩而走，贤人只能远远避世隐藏。

给凤凰做鹌鹑笼子栖息，尽管收敛翅膀身体也难以容纳。

君王糊涂难以明察，一片忠心怎向他诉说？

妒贤嫉能是时俗，谁能知道我不为所动？

希望舒展心志消除愤恨，怎么知晓前途是吉是凶？

璋珪美玉放在了蒸器孔下啊，丑女陇廉和美女孟娵住在了同一室内。

天下人都觉得很正常啊，注定我要穷困潦倒。

幽处孤独辗转难眠，思虑烦乱悲愤郁积满胸。

我的灵魂飘移不定，心中愁闷委屈忧心忡忡。

心志失落动荡不安，眼前的道路黑暗艰险。

块独守此曲隅兮，然欿切而永叹。

愁修夜而宛转兮，气涫（guàn）瀵（fèi）其若波。

握剞劂（jī jué）[①]而不用兮，操规矩而无所施。

骋骐骥于中庭兮，焉能极夫远道？

置猨狖（yuán yòu）于棂槛兮，夫何以责其捷巧？

驷跛鳖而上山兮，吾固知其不能升。

释管晏而任臧获兮，何权衡之能称？

箟簬杂于黀蒸兮，机蓬矢以躲革。

负檐荷以丈尺兮，欲伸要而不可得。

外迫胁于机臂兮，上牵联于矰惟（zēng yì）。

肩倾侧而不容兮，固陿（xiá）腹而不得息。

务光自投于深渊兮，不获世之尘垢。

孰魁摧之可久兮，愿退身而穷处。

凿山楹而为室兮，下被衣于水渚。

雾露濛濛其晨降兮，云依斐而承宇。

虹霓纷其朝霞兮，夕淫淫而淋雨。

怊茫茫而无归兮，怅远望此旷野。

下垂钓于溪谷兮，上要求于仙者。

与赤松而结友兮，比王侨而为耦。

使枭杨先导兮，白虎为之前后。

浮云雾而入冥[②]兮，骑白鹿而容与。

魂眐眐（zhēng zhēng）[③]以寄独兮，汩徂往而不归。

处卓卓而日远兮，志浩荡而伤怀。

鸾凤翔于苍云兮，故矰缴而不能加。

蛟龙潜于旋渊兮，身不挂于罔罗。

知贪饵而近死兮，不如下游乎清波。

宁幽隐以远祸兮，孰侵辱之可为？

子胥死而成义兮，屈原沉于汨罗。

虽体解其不变兮，岂忠信之可化？

志怦怦而内直兮，履绳墨而不颇。

执权衡而无私兮，称轻重而不差。

摡(gài)尘垢之枉攘兮，除秽累而反真。

形体白而质素兮，中皎洁而淑清。

时厌饫而不用兮，且隐伏而远身。

聊窜端而匿迹兮，嗼寂默而无声。

独便悁而烦毒兮，焉发愤而抒情？

时暧暧其将罢兮，遂闷叹而无名。

伯夷死于首阳兮，卒夭隐而不荣。

太公不遇文王兮，身至死而不得逞。

怀瑶象而佩琼兮，愿陈列而无正。

生天墬(dì)之若过兮，忽烂漫而无成。

邪气袭余之形体兮，疾憯怛(cǎn dá)④而萌生。

愿壹见阳春之白日兮，恐不终乎永年。

①剞劂：镂刻用的刀凿。②冥：深幽的境界。③眐眐：独行貌。④憯怛：忧伤痛苦。

孑然一身在偏僻的角落单独守候，心中愁苦痛切声声叹息。

愁黑夜太长辗转难眠，满腔怒气如同波翻。

手持刻刀却不能使用，操持规矩却难画方圆。

让千里马奔跑于庭院，怎样能够走得长远？

猿猴置于斗室之间，凭什么要求它灵巧翩然？

驾着那跛脚的乌龟上山，我本来就明白它很难爬攀。

放弃管仲晏婴重用贱奴，怎能防乱治国衡量事理？

美竹麻秆混合一起为烛，用蓬蒿作箭想射穿皮盾。

肩挑背扛小步往前，想伸一伸腰也很难求得。

强弓硬弩对我常常威胁，又常常伴随着系丝的短箭。

我想倾肩侧背很难取容，本就弯着腰背再难喘息。

务光自己跳入深渊里，以避免浊世尘垢污染自己。

谁在高峻危险的地方可以久留，宁愿不求进取贫穷隐居。

凿开山石做好我的居室，我要下到小洲披衣洗浴。

早晨大雾弥散白露如霜，层层云朵缭绕我的住所。

虹霓缤纷朝霞灿烂，傍晚倾盆大雨从天而降。

我的忧愁茫茫无处可去，心中失意面对荒野远望。

在下面的溪谷垂钓，上山又想把仙人找寻。

我与赤松子交结为友，也与王侨并肩为伴。

让狒狒在前为我开路，让白虎照顾身前鞍后。

乘云雾越走越深远，骑上白鹿自由逍遥。

灵魂独行寄宿在那高空，就像急流奔腾一去不返。

身居高空离故国日远，不禁心烦意乱黯然伤心。

鸾凤在苍天云端高高翱翔，长箭对它无可奈何。

蛟龙隐藏在那极深的水渊，远离灾祸不会陷进罗网。

深知贪饵必遭杀身之祸，不如深深潜伏在那清波。

情愿隐居远离灾祸，谁又能够再触犯羞辱？

伍子胥以死实现其大义，屈原为忠信投身于汨罗。

他们身体可亡忠信不变，难道能把忠信改变扔弃？

我内心忠诚廉正又光明，遵循法度从来就不偏离。

手握权势却大公无私，称量轻重没有差错。

洗涤纷乱的灰尘污垢，除去俗事牵累返璞归真。

形体清白本质素朴，内心纯洁品行纯净。

当世君王厌倦我不任用我，姑且隐居远离。

隐藏端绪藏匿行迹，自甘寂寞默默无声。

心中孤独忧愁烦闷怨恨，怎能发泄愤懑抒发情感？

时世昏暗时间已晚，于是郁闷悲叹无法言说。

伯夷饿死于首阳，最终死去却并没有显荣。

吕尚如果没遇到周文王，他到死也不会施展抱负。

我胸怀美玉象牙佩戴琼珠，愿意展现忠心却无人做证。

生于天地之间仿若过客，匆匆消散一事无成。

邪气侵袭我的身体，让我忧伤悲痛杂病累生。

盼望再见一次春天的阳光，却恐怕将寿终不能延年。

九怀

《九怀》是王褒的作品。王褒，字子渊，蜀人（今四川成都一带），是西汉时期著名的辞赋家，与扬雄并称『渊云』。西汉宣帝时，在益州刺史王襄的推荐下，王褒向宣帝上了《圣主得贤臣颂》，被任命为谏议大夫。后来，宣帝派他到益州祭祀金马碧鸡之神，死在途中。

王逸《楚辞章句》认为：『怀者，思也，言屈原虽见放逐，犹思念其君，忧国倾危而不能忘也。』

《九怀》中的九个短篇都是政治抒情诗，具有强烈的政治性，抒情意味和表现手法与《离骚》相似。深沉的爱国思想与丰富的想象紧密结合，是《九怀》这组诗歌的主要特色。

本书选录其中五首，以窥全貌。

匡机

《九怀》各篇的篇题都有很多让人难以理解的地方。关于《匡机》篇题，姜亮夫《楚辞通故》、徐仁辅《九怀篇题试解》、汤炳正《楚辞今注》等均有论述，“匡”有匡正补救的意思；“机”通“几”，有细微的迹象、征兆的意思，也有危机和危险的意思。由此可知，“匡机”就是匡救时危的意思。从本篇来说，“匡机”是指匡救国君和国家危殆，就是尽力做个辅弼谏诤的忠贞贤臣。

文章开端，辞人便说天道运行不正，其实这是采用了隐喻的手法，暗指人间的君主无道，致使辞人在现实中处处碰壁，困境重重，内心苦闷难言。为了排遣这种苦闷的情绪，辞人想象自己神游天庭仙境，但他又无法忘怀人间的君王，只能继续忍受忧愤情绪的折磨，无法得到解脱。从诗歌情感内容来看，《匡机》传达出辞人对君臣不能遇合的深深忧患。

当然，也有今人将“匡机”理解为“匡正机遇”的意思，就是匡正自己“极运兮不中”的运气和机遇，依据是没有从文中或史料中看出忧国忧民来，认为辞人只不过是在感叹运气不佳和思君罢了。对此，我们不做过多评论。

极运兮不中，来将屈兮困穷。
余深愍（mǐn）①兮惨怛（dá）②，愿一③列兮无从。
乘日月兮上征④，顾游心⑤兮鄗酆（hào fēng）⑥。
弥（mí）⑦览兮九隅⑧，彷徨兮兰宫。
芷闾⑨兮药⑩房，奋摇⑪兮众芳。
菌（jùn）阁⑫兮蕙楼⑬，观道兮从横。
宝金兮委积⑭，美玉兮盈堂。

桂水兮潺湲，扬流兮洋洋[15]。

蓍（shī）蔡[16]兮踊跃[17]，孔鹤兮回翔。

抚槛兮远望，念君兮不忘。

怫（fú）[18]郁兮莫陈，永怀兮内伤。

①愍：忧伤。②惨怛：忧伤，悲痛。③一：全部。④上征：上升。⑤游心：留心，心神倾注在某一方面。⑥鄗酆：古地名，在今陕西省户县北。⑦弥：遍，满。

⑧九隅：九州。⑨閭：泛指门户。⑩药：这里指白芷。⑪奋摇：指各种花蓬勃生长竞相开放。⑫菌阁：供游息眺望的楼房。⑬蕙楼：楼房的美称，也指女子居室。⑭委积：聚积，堆积。⑮洋洋：广远无涯的样子。⑯蓍蔡：蓍龟，筮卜。蓍，草名，古代常用它的茎占卜。⑰踊跃：跳跃。⑱怫：悒郁，心情不舒畅。

译文

天道运行不正，只好委屈处于困顿境地。

心中十分忧伤悲痛，愿意全部陈说却无人听。

乘太阳月亮上升，回首眷念周朝的镐丰。

遍观天下九州，彷徨徘徊于芳香美好的宫廷。

香芷凝香的门户白芷遍布的房间，万花蓬勃生长竞相开放。

薰草为阁、蕙草为楼，楼台道路纵横交错。

珠宝金银堆积，华美的玉石布满高堂。

芬芳的流水潺潺，扬起水波连绵不绝。

老龟在岸边跳跃爬行，孔雀白鹤回旋飞翔。

抚摸楼阁栏杆远远眺望，思念君王时时不忘。

心情烦闷郁结不能倾诉，长久怀念内心悲伤。

通 路

题解

“通路”指的是贤者遇见君王，忠言劝谏的道路。《通路》传达出王褒自身以及他所代言的屈原想要仕途通达，为国家和君主所用，得以展现雄心抱负的愿望。

“通路”贯穿全诗的始终，辞人希望能找到一条直达仕途的道路，他乘龙飞天而起，寻找那真正通往圣地的道路，可即便他饮飞泉、餐华英、衣红翠、执干将，四处寻找，都未能找到这样的道路，最终他不得不回到原来的境地中去，在雷声隐隐中看前路昏暗渺茫。

从《通路》的主旨来看，辞人难以找到直通仕途的道路，君王不能任用贤人，致使凤凰远游，辞人远游，他不得不在天地间惆怅彷徨，不得不在天国之上巡游。而天国固然很好，辞人内心其实仍是挂念君王的，希望能有坦途靠近君王。本篇有“天门兮墬户，孰由兮贤者”的句子，感叹天地广大，贤人却无路可走。可以说，通过《通路》，作者王褒抒发了自己报国无门的悲伤苦闷，同时也劝诫君王应当重视贤人，为贤人进入朝廷得到重任打通道路。

天门兮墬（dì）户，孰由兮贤者？
无正兮溷（hùn）厕[①]，怀德兮何睹？
假寐兮愍斯，谁可与兮寤语？
痛凤兮远逝，畜鴳（yàn）兮近处。
鲸鱏（xún）兮幽潜，从虾兮游陼。
乘虬兮登阳，载象兮上行。
朝发兮葱岭，夕至兮明光。

北饮兮飞泉，南采兮芝英。

宣游兮列宿，顺极兮彷徉。

红采兮骍衣，翠缥兮为裳。

舒佩兮綝纚（shēn xǐ）②，竦余剑兮干将。

腾蛇兮后从，飞駏兮步旁。

微观兮玄圃，览察兮瑶光。

启匮兮探筴，悲命兮相当。

纫蕙兮永辞，将离兮所思。

浮云兮容与，道余兮何之。

远望兮仟眠③，闻雷兮阗阗。

阴忧兮感余，惆怅兮自怜。

①溷厕：混乱地置身其间。②綝纚：即陆离，繁盛的样子。③仟眠：形容暗昧不明的样子。

天和地有无数的门户，哪一个门是贤士走的路？

奸诈小人错综居位，我的内在品德谁人看见？

和衣而睡内心无限忧伤，谁能和我一并相对而语？

痛惜凤凰已远远离去，畜养鸩雀却日渐亲附。

巨鲸鲟鱼只能潜入水底，小鱼小虾却可在洲渚游玩。

乘着虬龙向上天飞去，骑着神象游览天上。

早晨我从西方葱岭出发，晚上到达东方明光山岗。

去北方饮用昆仑飞泉，到南边摘取灵芝花朵。

二十八星宿我都游遍，围绕着北辰我徘徊游荡。

七色彩虹为我红衣，浅青的云朵为我下裳。

舒展玉佩光彩照人，手持干将宝剑引颈远望。

神龙腾蛇在后紧紧跟从，那飞奔的驱驢伴随身边。

侧目窥看天帝云圃，仔细观察着北斗瑶光。

打开匣子拿出蓍草，悲叹命运与卦相相同。

连缀蕙草永远离别，将永别家乡想念君王。

乘着云彩徘徊而去，白云不知引我往何方走。

遥望故国啊昏暗不明，听见雷声在隆隆作响。

心中的忧愁啊感怀心事，惆怅若失啊独自伤心。

危 俊

题解

关于题目《危俊》，一般认为“危”有危险、孤危的意思；“俊”指的是俊杰之士，才华出众的人。所以，“危俊”有俊杰处境孤危之意。

本篇写“结荣茝兮逶逝，将去烝兮远游”，写辞人出国远游，超越现实，漫游升空的经历，即便他上泰山、游太空，他仍然未感到轻松愉悦，内心反而是无比孤独的。这是一次只能出现在想象中的远游，是辞人深感空有才华，却不为世俗所容，更不为君王所知，想要外出远游来释放忧愁，但却终因寻觅不到知己而忧思不断的痛苦处境。

但如果简单地认为王褒只是在抒发自身怀才不遇的心绪，那就大错特错了。篇中“林不容兮鸣蜩，余何留兮中州”的诗句，是俊杰之士不容于世的写照；也有“历九州兮索合，谁可与兮终生”的诗句，辞人在表达自身怀才不遇的心绪的同时，也反映出贤俊遭受排挤，知音难觅的困境。可以说，从深层意义上讲，这首诗实际上是描写贤俊出走的，王褒将篇题拟定为《危俊》，其实也是在感叹贤俊流失，感叹人才危机。

除此之外，本篇虽然篇幅较短，但句式工整，含义深邃，实在是一首巧夺天工的好辞！

林不容兮鸣蜩，余何留兮中州？
陶[①]嘉月兮总驾，搴玉英兮自修。
结荣茝兮逶逝，将去烝兮远游。

径[2]岱土兮魏阙，历九曲兮牵牛。

聊假日兮相佯，遗光燿兮周流。

望太一兮淹息，纡余辔兮自休。

晞白日兮皎皎，弥远路兮悠悠。

顾列孛兮缥缥，观幽云兮陈浮。

钜宝迁兮砏磤（pīn yīn）[3]，雉咸雊（gòu）兮相求。

泱莽莽兮究志，惧吾心兮憏憏。

步余马兮飞柱，览可与兮匹俦。

卒莫有兮纤介，永余思兮怞怞。

注释

①陶：乐陶陶。②径：行走，经过。③砏磤：形容声音很大。

译文

鸣蝉难在林中栖身，我又为什么要留在中土？

选个吉日良辰把车马集中，采摘美玉花朵修饰自我。

编结丰茂茝草我要远走，我将离去君王出外远游。

我直往北方见到巍峨高耸的高山，穿越九天我去参访牵牛。

姑且趁这时光徘徊游荡，显耀灿烂光芒照耀四方。

仰望太一尊神稍作休息，舒缓我的马勒且作休整。

早晨东方升起明亮太阳，前面道路遥远没有尽头。

回头看见彗星轻轻飞过，观看山中云气随风飘浮。

天神太岁转移隆隆作响，野鸡声声啼叫雌雄相求。

四周辽阔空旷无边无垠，担心自己心中又生忧愁。

让马在飞柱山下徘徊，观察谁能做我的伴侣。

众人奸佞终究不够理想，思绪长绵忧苦不断。

尊 嘉

关于篇目《尊嘉》，“尊”指尊重，“嘉”指善和美的意思，而“尊嘉”是尊重善美之人的意思，或者说是希望君王重视、尊敬贤人的意思。

本篇写在阳春三月这个美好的季节，辞人不为君王所重用，只能临淮水而悲叹，感怀古来贤人大多时运不济，如伍子胥和屈原，他们一心报国，但最终结局凄惨，辞人由此联想到自身遭遇，内心悲痛，几断愁肠，进而联想到自身就如浮萍一般，漂浮无根，有家难回。

本篇将现实与神话结合起来，既有蛟龙导引，文鱼上濑，河伯开门，又有抽蒲陈坐，援芙蓉以为盖。无论是现实的，还是神话的，辞中涉及的各种意象都是彼此之间有密切关系的。

辞人尊重的善美之人是伍子胥和屈原。有“叹赞屈原说”，认为王褒通过本篇赞颂屈原忧国忧民。

本篇中的“望淮兮沛沛”，往往让人百思不得其解，淮河到底和诗歌有着什么样的关系？屈原抱石自沉于属于湘江水系的汨罗江，伍子胥漂尸长江水系，汉宫所在是汉水，辞人的故乡在四川，这些全都和淮水没什么关系。那么，辞人为何特意提到淮水呢？或许是辞人在淮水边创作了这首辞赋，当时辞人遥望淮水，思绪万千，想到前贤，顾念故乡，感叹自己恰似浮萍，流落飘零；抑或是辞人被贬到淮水也未可知，因为汉代时，淮河流域属于边远地区。

季春[1]兮阳阳[2]，列草兮成行（háng）[3]。
余悲兮兰生[4]，委积兮从横。
江离兮遗捐[5]，辛夷[6]兮挤臧（zāng）[7]。

伊思[8]兮往古，亦多兮遭殃（yāng）[9]。

伍胥兮浮江，屈子兮沉湘。

运余[10]兮念兹，心内兮怀伤。

望淮[11]兮沛沛，滨流兮则逝。

榜（bàng）舫[12]兮下流，东注兮礚（kē）礚[13]。

蛟龙兮导引，文鱼[14]兮上濑（lài）[15]。

抽蒲[16]兮陈坐，援芙蕖（qú）[17]兮为盖。

水跃兮余旌，继以兮微蔡[18]。

云旗[19]兮电骛[20]，倏忽兮容裔（yì）[21]。

河伯[22]兮开门，迎余兮欢欣。

顾念兮旧都，怀恨兮艰难。

窃哀兮浮萍，汎（fàn）淫[23]兮无根。

注释

①季春：春季的最后一个月，农历三月。②阳阳：形容温暖如春。③行：排列。④生：一茕，这里指（兰草）凋零独自憔悴。⑤遗捐：遗弃，捐弃。⑥辛夷：植物名，指辛夷树或它的花，今多以“辛夷”为木兰的别称。⑦挤臧：遭排挤而隐匿不显。臧，收藏，隐藏。⑧伊思：思念，缅怀。⑨殃：祸患，灾难。⑩运余：转过念头想到自己。⑪淮：指淮河。⑫榜舫：乘船，行船。⑬礚礚：象声词，形容水石轰击声等。⑭文鱼：鲤鱼，一说为有翅能飞的鱼。⑮濑：急流。⑯蒲：植物名，香蒲。⑰芙蕖：荷花的

别名。⑱微蔡：小野草。蔡，野草。⑲云旗：以云为旗。⑳电骛：疾驰的样子。㉑容裔：水波荡漾的样子。㉒河伯：传说中的河神。㉓汎淫：随波漂浮的样子。

译文

春季三月非常温暖，众花草罗布成行。

我悲叹兰草凋零独自憔悴，被人堆积后纵横交错。

江离香草被遗弃，辛夷遭排挤而隐匿不显。

由此缅怀古昔先贤，也大多遭受祸患。

伍子胥死后尸体浮在江上，屈原自投湘水。

转过念头想到自己今天的遭遇，内心忧怀伤痛。

望着淮河水势浩大，站在水边想和江水一起远逝。

乘船顺流而下，向东注入大海水石相互撞击。

蛟龙在前面引导，鲤鱼在急流中逆流而上。

抽出蒲草陈放在船上，攀折荷花作为船的篷盖。

水花飞跃到我的小船旗帜上，继而小水藻卷入船中。

以云为旗小船疾驰，顷刻间水波荡漾。

河神打开大门，欢喜欣悦地欢迎我。

眷顾想念故都，心怀悲愤举步维艰。

私下哀叹自己像水上的浮萍，随波漂浮没有定根。

陶壅

题解

关于篇目《陶壅》，“陶”即为郁陶，有心中忧闷的意思；“壅”有壅堵、滞塞的意思。如果心中烦闷，思绪万千，愁肠百结，自然是难以疏通思路的。为何会造成这种状况呢？按本篇说法是“时俗兮混乱”“九州兮靡君”，在这种情形下，贤人受到排挤，无用武之地，这就难免陷入“陶壅”的境地了。

本篇共有三个部分，一是写辞人因为时俗混乱和社会黑暗而深感惆怅，于是他振奋双翼，决定远走高飞，去追寻理想；二是描述辞人神游天庭仙界，但终因乌云弥漫，大风翻卷，尘土飞扬，车驾无法继续前行，他不得不暂且停歇在阳城的房舍里；三是经过长期的奔波之后，辞人变得面容憔悴、筋疲力尽，借着这次短暂停歇之际，他反躬自省，抚今追昔，将尧舜时代与自己所处的社会对比，形成强烈反差，寄托自身情怀，以思君伤时结束。

可以说，《陶壅》反映出辞人为君主受奸佞小人欺蒙，最终致使是非善恶混淆而担心忧虑的心绪。

览杳杳①兮世惟，余惆怅兮何归。
伤时俗兮溷乱，将奋翼兮高飞。
驾八龙兮连蜷，建虹旌兮威夷。
观中宇兮浩浩，纷翼翼兮上跻。
浮溺水兮舒光，淹低佪兮京沶（chí）。
屯余车兮索友，睹皇公兮问师。
道莫贵兮归真，羡余术兮可夷。
吾乃逝兮南娭（xī），道幽路兮九疑。

越炎火兮万里，过万首兮嶷（yí）嶷。
济江海兮蝉蜕，绝北梁兮永辞。
浮云郁兮昼昏，霾土忽兮壥壥（méi）[②]。
息阳城兮广夏，衰色罔兮中怠。
意晓阳兮燎寤，乃自诉兮在兹。
思尧舜兮袭兴[③]，幸咎繇兮获谋。
悲九州兮靡君，抚轼叹兮作诗。

注释

①杳杳：昏暗。②壥壥：尘土飞扬，看不清楚之貌。③袭兴：相继勃兴。

览观昏暗的世俗，我失意怅惘无处可归。

哀伤社会的混乱，将要振奋双翅高高飞翔。

驾着八龙飞翔盘旋前行，竖起彩虹大旗随风飘扬。

看到天下如此辽阔广大，振作精神急速向上飞奔。

渡过溺水河我焕发光彩，暂且停留高洲游荡徘徊。

把车停留下来寻找伴侣，看到天帝向他求教学习。

他讲道最高是返璞归真，我的道术被赞扬让人欣喜。

因此我又驱车奔向九嶷山，路过九嶷山的道路陡峭阴暗。

因此又穿越万里的炎热地区，万千高耸岛屿在海中经过。

蹚过江海我就会获得解脱，越过北面的桥梁就永远分别了。

天空白日昏暗乌云密布，大风上下翻卷尘土飘扬。

在阳城的高屋大厦暂且休息，面容衰老心神恍惚啊落拓失意。

我心中明白事理不糊涂，在这里我暂时停车自省。

想那唐尧与虞舜相继昌隆，只为任用皋陶获得兴邦计。

可惜现在天下没有贤君圣主呀，抚轼叹息作诗抒情意。

九叹

《九叹》是西汉刘向所作。刘向（公元前77年——公元前6年），西汉著名经学家、目录学家及文学家。本名更生，字子政，沛（今江苏沛县）人，西汉楚元王刘交四世孙。通古达今，十八岁任谏议大夫，二十七岁拜为郎中、给事黄门。后因事下狱，免为庶人。汉成帝时得到复用，改名为向，任光禄大夫，官至中垒校尉。

王逸《楚辞章句》中说：『《九叹》者，护左都水使者光禄大夫刘向之作也。向以博古敏达典校经书，辩章旧文，追念屈原忠信之节，故作《九叹》。』《九叹》主要以屈原口吻而作，表现了作者对屈原忠君爱国却遭贬殒身命运的愤慨。从辞的题目能够看出，作者在写作之时，并未将自己的情感太多灌注其中，也没有太多利用屈原表达自身苦闷，而是按一定的时间顺序和情感变化顺序，将这组辞变成了屈原的传记之诗。在结尾处，用浪漫主义的手法，绚丽多彩的诗句，描写了屈原上天入地神游，以及欲与天地参寿，与日月而比荣的思想，表现了屈原执着寻求真理的精神。本篇原有九首，现选录六首以窥全貌。

逢 纷

题解

《逢纷》，即遭遇纷乱混浊的世道。

本篇第一层追溯屈原的血脉渊源，展现其高贵正直却受到小人陷害；第二层描述屈原在怅然失意中，沉吟泽畔的思绪；第三层是屈原心中对悲痛的抒发。

伊伯庸之末胄兮，谅[①]皇直之屈原。
云余肇祖于高阳兮，惟楚怀之婵连。
原生受命于贞节兮，鸿永路有嘉名。
齐名字于天地兮，并光明于列星。
吸精粹而吐氛浊兮，横邪世而不取容。
行叩诚而不阿兮，遂见排而逢谗。
后听虚而黜实兮，不吾理而顺情。
肠愤悁而含怒兮，志迁蹇而左倾。
心悦（tǎng）慌其不我与兮，躬速速[②]其不吾亲。
辞灵修而陨志兮，吟泽畔之江滨。
椒桂罗以颠覆兮，有竭信而归诚。
谗夫蔼蔼而漫著兮，曷其不舒予情。
始结言[③]于庙堂[④]兮，信[⑤]中途[⑥]而叛之。
怀兰蕙与衡芷兮，行中壄而散之。
声哀哀而怀高丘兮，心愁愁而思旧邦。
愿承闲而自恃兮，径淫曀而道壅。
颜黴黧（méi lí）以沮败兮，精越裂而衰耄。

裳襜（chān）襜而含风兮，衣纳纳而掩露。
赴江湘之湍流兮，顺波凑而下降。
徐徘徊于山阿兮，飘风来之汹汹。
驰余车兮玄石，步余马兮洞庭。
平明发兮苍梧，夕投宿兮石城。
芙蓉盖而菱（líng）华车兮，紫贝阙而玉堂。
薜荔饰而陆离荐兮，鱼鳞衣而白蜺裳。
登逢龙而下陨兮，违故都之漫漫。
思南郢之旧俗兮，肠一夕而九运。
扬流波之潢潢[⑦]兮，体[⑧]溶溶而东回。
心怊怅以永思兮，意晻晻而日颓。
白露纷以涂涂兮，秋风浏以萧萧。
身永流而不还兮，魂长逝而常愁。
叹曰：
譬彼流水，纷扬磕[⑨]兮。
波逢汹涌，濆滂沛兮。
揄扬涤荡，漂流陨往，触崟石兮。
龙邛脟圈，缭戾宛转，阻相薄兮。
遭纷逢凶，蹇离尤兮。
垂文扬采，遗将来兮。

注释

①谅：确实。②逮逮：不亲近。③结言：即以言语来互相约定。④庙堂：朝廷。⑤信：的确。⑥中涂：中途。⑦潢潢：水深之貌。⑧体：身体。⑨磕：水石撞击发出的声音。

译文

我是伯庸的子孙，委实是美好正直的屈原。

我的先祖是颛顼高阳，楚怀王和我是亲族。

出生时受有忠贞节操的使命，远大人生被赋予美好的名字。

我的名字与天地等齐，我的仪范风采和众星平列。

吸取精华吐出尘浊之气，不取容于专横邪曲的世俗。

我的举动真诚从不逢迎，于是被排挤遭遇谗害。

君王听取假话贬斥忠良，不理睬我反遵从邪恶奸佞。

我心怀愤懑满腔怒火，我心遭压抑丧失平衡。

心神恍惚君王不和我同心，孤独冷落君王不与我亲近。

我告别君王心灰意冷，低唱悲歌在泽畔水滨。

先贤遭祸身危急，仍然竭尽忠信一片诚心。

众谗人嘁嘁喳喳损人利己，君王何不让我申明真情！

以前我们在宗庙里约好，现在却听从别人的谗言中途变心。

各种美丽的香草在我怀中，来到荒野只能把它抛弃。

我想念着朝廷悲痛不已，我想念着故乡无限忧伤。

期望趁君王空闲时竭尽忠心，可是道路阻挡前途不明。

我已形销骨立颜色枯槁，精神沮丧身体衰弱无力。

我的下裙被阵阵冷风吹动，我的上衣被浓浓的霜露打湿。

在长江湘水湍流中远行，乘着滚滚波浪顺流直下。

我慢慢行走在山谷里，迎面却吹来了猛烈的旋风。

我的车马朝着玄石奔跑，可到达洞庭山下马又开始徘徊。

黎明我从苍梧山下出发，夜里我来到了石城山留宿。

菱花车上盖上一朵朵的莲花，白玉的厅堂紫贝的楼阁。

美玉作卧席薜荔作饰品，鱼鳞五彩的上衣白白的裙裳。

登上逢龙山向下远望，远离家乡的道路有多么漫长。

我想念起郢都的风土人情，愁肠一夜未眠盼望返回故土。

我跟随广阔激荡的流水，翻卷的浪涛把我送往东方。

内心无尽忧伤长久思虑，精神压抑一天天地颓丧。

浓厚的白露已开始纷纷降落，秋风急速吹来肃肃的声响。

我的身体随水长流不复还，我的灵魂离去常念家乡。

可叹啊：

就像那流水，卷起浪波发出轰轰声响。

波涛正是汹涌澎湃，水波涌动浩浩荡荡。

扬起水波浪花在水上漂浮流动，触击高高的岩石。

水波互相撞击，激流回旋曲折，最终被阻挡。

就像是遇到了无穷无尽的灾祸，遭到了罪责。

只得流传美好的诗篇，留给后来人观览。

怨思

题解

《怨思》抒写屈原遭遇流放，独处山中的一腔幽怨情思。开篇描述自己心情的苦闷、愁怨，再写自己为何心境愁苦，由于现实中命运多舛，便以古喻今，最终以比喻手法继续述说黑白不分的社会现实。

惟郁郁之忧毒兮，志坎壈而不违。
身憔悴而考旦兮，日黄昏而长悲。
闵空宇之孤子兮，哀枯杨之冤雏（chú）。
孤雌吟于高墉兮，鸣鸠栖于桑榆。
玄蝯（yuán）①失于潜林兮，独偏弃而远放。
征夫劳于周行兮，处妇愤而长望。
申诚信而罔违兮，情素洁于纽帛。
光明齐于日月兮，文采耀于玉石。
伤压次而不发兮，思沉抑而不扬。
芳懿懿而终败兮，名靡散而不彰。
背玉门以犇（bēn）骛兮，蹇离尤而干诟。
若龙逄（páng）之沉首兮，王子比干之逢醢。
念社稷之几危兮，反为雠（chóu）而见怨。
思国家之离沮兮，躬获愆而结难。
若青蝇之伪质兮，晋骊姬之反情。
恐登阶之逢殆兮，故退伏于末庭。
孽臣之号咷（táo）②兮，本朝芜而不治。

犯颜色而触谏兮，反蒙辜而被疑。

菀蘼芜与菌若兮，渐藁（gǎo）本于洿渎。

淹芳芷于腐井兮，弃鸡骇于筐簏（lù）。

执棠谿（xī）以刜蓬兮，秉干将以割肉。

筐泽泻以豹鞹（kuò）兮，破荆和以继筑。

时溷浊犹未清兮，世殽（xiáo）乱犹未察。

欲容与以俟时兮，惧年岁之既晏。

顾屈节以从流兮，心巩（gǒng）巩[③]而不夷。

宁浮沅而驰骋兮，下江湘以邅迴。

叹曰：

山中槛槛，余伤怀兮。征夫皇皇，其孰依兮。

经营[4]原野，杳冥冥兮。乘骐骋骥，舒吾情兮。

归骸旧邦，莫谁语兮。长辞远逝，乘湘去兮。

①玄蝯：黑色的猿。②号咷：指谗人在朝廷上大声喧哗。③茕茕：一作“蛩蛩”，忐忑不安貌。④经营：周旋往来。

译文

内心忧郁愁苦怨恨啊，命运坎坷却决不背弃理想。

我憔悴痛苦从晚上直到天亮啊，从清晨到傍晚久久悲伤。

可怜空屋的孤儿啊，哀伤小鸟栖息在枯老的杨树。

孤单的雌鸟在高墙上哀啼啊，鸠鸟在桑树上鸣唱。

黑猿失去了茂密的山林啊，孤零零被丢弃在远方。

征夫在大道上奔波不息啊，家中妻子含恨远望。

我坚守诚信之道决不背离啊，我的感情就像束帛一样纯净。

我的美德与日月齐辉啊，我的文采如美玉闪耀。

可身遭压迫不能振作啊，情思受到压抑不得高扬。

香气郁郁终于消散啊，声名消逝不显不彰。

离开宫廷我要远远出行，不愿遭到罪过自取耻辱。

像关龙逢一样劝桀被害，王子比干劝纣遭遇杀戮。

担心楚国命运非常危险，却与众人为仇遭受埋怨。

忧虑国家法度受到破坏，自身反而获罪忧虑难遣。

奸人就像青蝇一样变化本质，也像晋国骊姬颠倒是非。

我怕走到君前遇到灾殃，因此我在远处退身隐藏。

谗佞奸臣在朝廷上谈说，国家即将倾危无人治理。

我触犯君王而直言劝谏，反而蒙受罪过被君王怀疑。

蘼芜和杜若被混合一起，藁本却被浸在脏水沟里。

芳香白芷埋在臭水井中，宝贵的犀角被扔进竹器。

用棠溪利剑去割下蓬蒿，干将宝剑被作为切肉刀。

五彩豹皮口袋填满恶草，使用大杵舂破和氏之宝。

社会浑浊善恶是非不清，人世混乱美丑好坏不明。

我想安逸自得等候时机，担心年纪已经衰老。

想要改变节操与世沉浮，心中感到束缚心意不平。

情愿上浮沅水尽情驰骋，下到长江湘水徘徊不定。

感叹说：

山中的车声回响让我伤心，远行之人因没有依靠而害怕惊慌。

四面八方旷达深远的原野，乘驾上骏马让我的心情感觉畅快。

想让尸骨回到故乡又能和谁说，只有乘着湘水漂流至远方。

远　逝

题解

《远逝》抒写屈原遭流放，远离故都的忧伤情怀，想用抒情陈诗，免除祸害。

志隐隐[1]而郁怫[2]兮，愁独哀而冤结。
肠纷纭以缭转兮，涕渐渐[3]其若屑。
情慨慨而长怀兮，信上皇[4]而质正[5]。
合五岳[6]与八灵[7]兮，讯九鬿（qí）[8]与六神[9]。
指列宿以白情兮，诉五帝[10]以置词[11]。
北斗为我折中[12]兮，太一为余听之。
云服阴阳之正道兮，御后土之中和[13]。
佩苍龙之蚴虬兮，带隐虹[14]之逶蛇。
曳彗星之皓旰[15]兮，抚朱爵[16]与鵔䴊（jùn yí）[17]。
游清灵[18]之飒戾兮，服云衣之披披[19]。
杖玉华与朱旗兮，垂明月之玄珠。
举霓旌之蝃蝥（dì yì）[20]兮，建黄纁（xūn）[21]之总旄。
躬纯粹而罔愆兮，承皇考[22]之妙仪。

注释

①隐隐：忧戚的样子。②郁怫：愁闷不舒畅。③渐渐：流淌不止的样子。④上皇：天帝。⑤质正：质询，就正。⑥五岳：我国五大名山的总称，指东岳泰山、南岳衡山、西岳华山、北岳恒山、中岳嵩山。⑦八灵：八方之神。⑧九鬿：北斗九星。⑨六神：六宗之神。⑩五帝：上古传说中的五位帝王。即太昊（伏羲）、炎帝（神

农）、黄帝、少昊（挚）、颛顼。⑪置词：指申辩。⑫折中：也作“折衷”，取正，用为判断事物的准则。⑬中和：中正平和。⑭隐虹：长虹。⑮晧旰：光亮的样子。⑯朱爵：即朱雀。爵，通“雀”，古代传说中的祥瑞动物，“四灵”之一。⑰鵔[illegible]：神俊之鸟。⑱清灵：清冥，即天。⑲披披：飘动的样子。⑳蛴翳：隐蔽的样子。㉑黄缥：绛与黄之间色。缥，浅绛色。㉒皇考：对亡父的尊称。

译文

我心中忧戚愁闷不舒畅，独自忧愁满腹冤屈。

愁肠纷乱百转千回，眼泪流淌不止好似碎屑。

深情感叹长久怀想，想请天帝为我做证。

会合五岳和八方的神灵，向北斗九星和六宗之神问话。

指着众星宿表明感情，向五帝诉说陈词。

北斗星为我调节，太乙星为我辨别善恶奸忠。

众神说服我践行阴阳正道，思想要像大地一样中正平和。

行为要像苍龙一样能屈能伸，心志要像长虹一样曲折婉转。

牵住天上明亮的彗星啊，抚摸神鸟朱雀与鵔鸃。

游览青天里的凉爽庭院，穿着随风飘飘的五彩云衣。

手执玉鞭和红色大旗，佩戴光彩夺目的夜光珠。

举起虹霓旗帜遮蔽天日，扬起色彩绚丽的绛黄大旗。

行为纯粹没有过失，继承了先祖的美好风仪。

惜往事之不合兮，横汨罗而下沥。

椉（chéng）隆波[1]而南渡兮，逐江湘之顺流。

赴阳侯[2]之潢（huàng）洋[3]兮，下石濑[4]而登洲。

陵魁堆[5]以蔽视兮，云冥冥而暗前。

山峻高以无垠兮，遂曾闳（hóng）[6]而迫身。

雪雰（fēn）雰[7]而薄木兮，云霏霏[8]而陨集[9]。

阜（fù）[10]隘狭而幽险兮，石嵾嵯以翳日。

悲故乡而发忿兮，去余邦之弥久。

背龙门而入河兮，登大坟[11]而望夏首。

横舟航而澨湘兮，耳聊啾（jiū）[12]而悦慌。

波淫淫而周流兮，鸿溶[13]溢而滔荡[14]。

路曼曼其无端兮，周容容[15]而无识。

引日月以指极兮，少须臾（yú）[16]而释思。

水波远以冥冥兮，眇不睹其东西。

顺风波以南北兮，雾宵晦[17]以纷纷。

日杳杳以西颓[18]兮，路长远而窘迫[19]。

欲酌醴以娱忧兮，蹇骚骚[20]而不释。

注释

①隆波：大波，洪流。②阳侯：借指波涛。③潢洋：水深的样子。④石濑：水为石所激形成的急流。⑤魁堆：高的样子。⑥曾闳：高大。曾，通“层”。⑦雰雰：飘落的样子。⑧霏霏：泛指浓密盛多。⑨陨集：下落聚集。⑩阜：土山。⑪大坟：高坡。⑫聊啾：耳鸣。⑬鸿溶：波涛汹涌的样子。⑭滔荡：水势广大的样子。⑮容容：纷乱动荡的样子。⑯须臾：片刻，短时间。⑰宵晦：昏黑。⑱颓：坠落。⑲窘迫：指处境困急。⑳骚骚：愁思的样子。

译文

叹息往昔与君王不和，横渡汨罗江顺水而下。

驾乘着洪流向南方前行，追逐长江湘水的层层波浪。

奔赴波涛汹涌的水深之处，越过下游急流登上沙洲。

看到高山挡在我的面前，乌云一望无际使得我眼前昏暗。

山峰高大巍峨连绵不绝，高大的山势向我逼近。

大雪纷纷扬扬落在树上，乌云浓密低沉翻涌。

大山中的谷地狭窄阴幽险峻，山石参差不齐遮住日光。

悲叹我的故乡心有怨恨，离开我的故国时间已久。

离开国都大门进入江河，登上高坡眺望夏水之源。

调转小船的船头渡过湘水，耳鸣声阵阵内心忧伤。

波浪连绵不断向四周流动，波涛汹涌浩浩荡荡。

前路漫漫没有尽头，周边纷乱动荡无法辨识。

依靠太阳月亮指引地点，暂且放下了思念。

水流远逝渺茫无际，缥缈辽远无法辨明方向。

顺着风浪走南闯北，雾气弥漫一片昏黑。

太阳深远幽暗向西边坠落，道路又长又远处境窘迫。

我想斟满酒来借酒浇愁，心中愁思忧伤难以释怀。

叹曰：

飘风蓬龙[①]，埃坲坲（fú）[②]兮。

草木摇落，时槁（gǎo）悴[③]兮。

遭倾遇祸，不可救兮。

长吟永欷，涕究究[④]兮。

舒情陈诗，冀以自免兮。

颓流下陨，身日远兮。

注释

①蓬龙：风转动的样子。②坲坲：尘埃扬起的样子。③槁悴：也作“槁瘁”，枯萎。④究究：不止的样子。

叹息啊：

劲风回转盘旋，地上尘埃扬起。

花草树木摇动飘落，此时都枯萎凋零。

遭遇危险祸患，不能挽救。

长声低吟长久感叹，涕泪没有止息。

舒展心中的感情献上诗文，希望来为自己免祸。

顺着江流而下，故国远去难以回首啊。

忧 苦

题解

《忧苦》描写屈原内心忧愁痛苦的情怀，悲其文，也悲其人。先写屈原在被放逐之时的悲痛，交代他已孤单寂寞地在这荒凉之地被折磨了九年时光；再写作者对屈原作《离骚》《九章》之前的推想；最后，以比喻手法来表达现实社会黑白颠倒，并以此来表达自己伤感、无奈之情。

悲余心之悁悁[①]兮，哀故邦之逢殃[②]。
辞九年而不复兮，独茕茕而南行。
思余俗之流风兮，心纷错而不受。
遵壄莽以呼风兮，步从容于山廋（sōu）。
巡陆夷之曲衍兮，幽空虚以寂寞。

倚石岩以流涕兮，忧憔悴而无乐。
登巑岏（cuán wán）[3]以长企兮，望南郢而窥之。
山修远其辽辽兮，涂漫漫其无时。
听玄鹤之晨鸣兮，于高冈之峨峨。
独愤积而哀娱兮，翔江洲而安歌。
三鸟飞以自南兮，览其志而欲北。
愿寄言于三鸟兮，去飘疾而不可得。
欲迁志而改操兮，心纷结其未离。
外彷徨而游览兮，内恻隐而含哀。
聊须臾以时忘兮，心渐渐其烦错。
愿假簧以舒忧兮，志纡郁其难释。
叹《离骚》以扬意兮，犹未殚于《九章》。

长嘘吸以於悒兮，涕横集而成行。

伤明珠之赴泥兮，鱼眼玑之[4]坚藏。

同驽骡于橥驵兮，杂班驳与阘茸。

葛藟虆于桂树兮，鸱鸮集于木兰。

偓促谈于廊庙兮，律魁放乎山间。

恶虞氏之箫《韶》兮，好遗风之《激楚》。

潜周鼎于江淮兮，爨（cuàn）土鬵（qín）于中宇。

且人心之持旧兮，而不可保长。

邅[5]彼南道兮，征夫宵行。

思念郢路兮，还顾睠睠。

涕流交集兮，泣下涟涟。

叹曰：

登山长望，中心悲兮。

菀彼青青，泣如颓兮。

留思北顾，涕渐渐兮。

折锐摧矜，凝泛滥兮。

念我茕茕，魂谁求兮？

仆夫慌悴[6]，散若流兮。

注释

①悁悁：心忧之貌。②逢殃：遭殃。③巑岏：峭拔的山峰。④鱼眼玑之：把鱼眼作为宝珠。⑤邅：转弯。⑥慌悴：憔悴。

译文

可怜我心中忧愁无限悲伤，哀叹故国遭受祸殃。

离开郢都九年却不能再次返还，独自一人流浪南方。

想起楚国污浊的世风，心里纷繁杂乱不能承受。

沿着山野行走呼唤清平，在山的弯曲处慢慢行走。

我在平坦的山谷曲折的湖泽间行走啊，四周无人且寂寞无声。

我身靠着山岩悲伤流涕啊，心里忧苦憔悴无欢情。

登上高高山巅久立长望啊，看一看故乡、望一望南郢。

山峦绵绵一眼望不到边啊，路程遥遥归期无奈难定。

听到神鸟玄鹤在引颈晨鸣啊，看见它站立在巍峨山顶。

孤独烦闷我要排解哀思啊，来到江中芳洲尽情歌唱。

三青鸟从南边翩翩飞来啊，看它们的神态是想要飞往北方。

我想让三青鸟为我带信啊，它们疾速飞去我难寄衷情。

想要改变气节放弃自己的志向，忧郁的思绪烦乱没有离开心上。

外表自由安逸徘徊远游，内心满怀忧伤隐隐作痛。

暂时寻求片刻欢乐的时光，心绪逐渐混乱烦躁难忍。

期望借助乐器排除忧愁，心中缭绕的忧愁确实难以忘掉。

长吟《离骚》来表达自己的感伤，可却很难看完诗歌《九章》。

我止不住哭泣声声悲啼，涕泪满面交流成行。

哀伤明亮的珠宝被丢弃于泥土中，把鱼眼当作珠子严实收藏。

把驽劣的骡子和骏马混同，杂色劣马大受赏识。

恶草葛藟攀上桂树枝干，恶鸟聚集栖息在木兰树上。

气量局狭的小人在朝廷论事，高士贤良被放逐于山林。

厌恶唐虞时期的《箫韶》乐曲，却喜好楚国的俗乐《激楚》。

把周朝的大鼎沉入长江淮河，却将灶具放在堂屋。

人心虽怀有淳朴的古风，但不能保持长久。

掉转车头走向南方的道路，就像征夫日夜兼程一样辛劳。

我思念着回国都的道路啊，不断回头依依不舍。

鼻涕眼泪交织在一起，泪水横流不止。

多么可感啊：

登上高山眺望，心里有无限忧伤。

草木丰茂一片青翠，泪如流水源源不断。

回首北望故国涕泪交流。

锐气受挫不肯与世沉浮。

孑然一身灵魂把谁寻找？

仆人愁悴，离散如流水一样。

愍命

题解

《愍命》就是叹息命运不好，生不逢时之意。本篇通过叙述屈原生不逢时，命运乖舛，不为世所容的不幸遭遇，表现了他对政治清明之世的向往，对是非颠倒的社会现实的愤恨。同时表现了作者对屈原的同情和自己的寄托之意。全篇分前后两部分，先写当时那个公平、正义的时代，政治昌明，国家强盛，后写当今黑白颠倒，政治混乱，最后乱辞则是一声惆怅的叹息。

昔皇考之嘉志兮，喜登能而亮贤。
情纯洁而罔薉（huì）兮，姿盛质①而无愆。
放佞人与谄谀兮，斥谗夫与便嬖。
亲忠正之悃（kǔn）诚兮，招贞良与明智。
心溶溶其不可量兮，情澹澹其若渊。
回邪辟而不能入兮，诚愿藏而不可迁。
逐下袟（zhì）于后堂兮，迎宓妃于伊雒（luò）。
刜谗贼于中廇（liù）兮，选吕管于榛薄。
丛林之下无怨士②兮，江河之畔无隐夫。
三苗之徒以放逐兮，伊皋之伦以充庐。
今反表以为里兮，颠裳以为衣。
戚宋万于两楹兮，废周邵于遐夷。
却骐骥以转运兮，腾驴骡以驰逐。
蔡女黜而出帷兮，戎妇入而綵绣服。
庆忌囚于阱室兮，陈不占战而赴围。

破伯牙之号钟兮，挟人筝而弹纬。

藏瑉石于金匮兮，捐赤瑾于中庭。

韩信蒙于介胄兮，行夫将而攻城。

莞芎（guān xiōng）弃于泽洲兮，瓟蠡蠹（páo lì dù）于筐簏。

麒麟奔于九皋[③]兮，熊罴群而逸囿。

折芳枝与琼华兮，树枳棘与薪柴。

掘荃蕙与射干兮，耘藜藿与蘘荷。

惜今世其何殊兮，远近思而不同。

或沉沦其无所达兮，或清激其无所通。

哀余生之不当兮，独蒙毒而逢尤。

虽謇謇以申志兮，君乖差而屏之。

诚惜芳之非非兮，反以兹为腐也。

怀椒聊之蔎蔎[④]兮，乃逢纷以罹诟也。

叹曰：

嘉皇既殁[⑤]，终不返兮。

山中幽险，郢路远兮。

谗人諓（jiàn）諓，孰可愬兮。

征夫罔极，谁可语兮。

行吟累欷，声喟喟兮。

怀忧含戚，何侘傺（chà chì）兮。

注释

①姿盛质：即“资质盛”，美好的内质形之于外在的行为。②怨士：指政治上失意的人。③九皋：曲远的沼泽。④蔎蔎：香气弥漫。⑤嘉皇既殁：指怀王入秦不返而死。

译文

往昔太祖胸怀美德，喜好推举有才能的人。

他的思想纯正高洁没有污秽，资质美盛没有过失。

流放奸佞小人与阿谀奉承之徒，斥责进谗佞臣与受宠小臣。

亲近忠诚正直和至诚之人，招纳忠正诚信之人与明达贤臣。

胸怀宽广不可测量，性情恬淡好似深渊。

邪僻言行难以侵入，永远保持真心永不改变。

他把乱政的侍妾赶到殿堂之外，把宓妃从洛水接到了君王的身旁。

他把谗谀的群小赶出朝廷，又把吕尚和管仲从偏僻之地选出来。

他使山野没有了愁怨的臣子，江河畔没有了隐居的圣贤。

他还把三苗之徒远远放逐了，让伊尹皋陶之类的贤臣填满朝堂。

现在善恶不分里外颠倒啊，反把裙裳当作上衣。

亲近宋万之流处于高位啊，反把周公邵公放逐废止。

弃千里马不用，让它拉车载重啊，却乘驾驴骡让它奔跑驰骋。

把蔡国美女贬斥赶出帷帐啊，纳入戎狄丑妇让她身着华服。

勇士庆忌监禁在地牢啊，却让懦夫陈不占解困出征。

摔烂伯牙的名琴号钟啊，反把小筝弹奏拨弄。

把石头储藏在金匮里啊，却把赤色美玉扔弃在院中。

韩信身披铠甲只当小兵啊，反让小兵为大将带兵攻城。

把芳草莞芎抛弃在水泽啊，葫芦瓜瓢放进竹器让虫蛀尽。

麒麟奔跑在水泊大泽啊，熊罴成群在御苑奔跑。

把芳枝玉花摧毁折尽啊，却种植多刺的枳棘和木柴。

挖出香草荃蕙和射干啊，却把藜藿蘘荷种。

可惜今世与从前差异多大啊，想想以前看看现今真不相同。

有人沉沦世俗不能显耀啊，有人清正自励不为世容。

可惜我生不逢时啊，独受艰苦遭罪过。

我虽忠诚地表明心志啊，但与君心相违遭贬斥。

我真诚珍惜芬芳香气啊，君王却说这是腐臭气息。

深藏花椒香气四溢啊，竟遇乱世身遭打击。

感叹地唱道：

圣明君王已逝，最终不能回返。

山中幽深危险，通往国都之路漫长。

谗人花言巧语，我能向谁诉说？

远行没有尽头，我能向谁言说？

我一边行走一边沉吟，叹息声阵阵。

心怀忧戚苦闷，多么失意惆怅啊。

远　游

题解

此篇与屈原《远游》同名，两者在思想与语言方面来看，也有很多类似之处。辞文先写了屈原远游的原因和远游之前的预备工作，再写屈原四处游览的所见所闻，最后将屈原比喻为天地之间的蛟龙。作品通过绚丽多彩的场景描写，展现了一幅神奇美妙的神话画卷，表现了屈原为追逐真理而不折不挠的执着精神。

悲余性之不可改兮，屡惩艾[①]而不迻（yí）。
服觉皓以殊俗兮，貌揭揭以巍巍。
譬若王侨之乘云兮，载赤霄而凌太清。
欲与天地参寿兮，与日月而比荣。
登昆仑而北首兮，悉灵圉而来谒。
选鬼神于太阴兮，登阊阖于玄阙。
回朕车俾西引兮，褰（qiān）虹旗于玉门。
驰六龙于三危兮，朝西灵于九滨。
结余轸于西山兮，横飞谷以南征。
绝都广以直指兮，历祝融于朱冥。
枉玉衡于炎火兮，委两馆于咸唐。
贯澒（hòng）濛以东朅（qiè）[②]兮，维六龙于扶桑。
周流览于四海兮，志升降以高驰。
征九神于回极兮，建虹采以招指。
驾鸾凤以上游兮，从玄鹤与鹪明。
孔鸟飞而送迎兮，腾群鹤于瑶光。

排帝宫与罗囿兮，升县圃以眩灭。

结琼枝以杂佩兮，立长庚以继日。

凌惊雷以轶骇电兮，缀鬼谷于北辰。

鞭风伯使先驱兮，囚灵玄于虞渊。

溯高风以低徊兮，览周流于朔方。

就颛顼而敶词兮，考玄冥于空桑。

旋车逝于崇山兮，奏虞舜于苍梧。

浍杨舟于会稽兮，就申胥于五湖。

见南郢之流风兮，殒余躬于沅湘。

望旧邦之黯黮兮，时溷浊其犹未央。

怀兰蕙之芬芳兮，妒被离而折之。

张绛帷以襜（chān）襜③兮，风邑邑而蔽之。

日暾（tūn）暾④其西舍兮，阳焱焱而复顾。

聊假日以须臾兮，何骚骚而自故？

叹曰：

譬彼蛟龙，乘云浮兮。

泛淫澒溶，纷若雾兮。

潺湲轇轕（jiāo gé）⑤，雷动电发，馺（sà）高举兮。

升虚凌冥，沛浊浮清，入帝宫兮。

摇翘奋羽，驰风骋雨，游无穷兮。

注释

①惩艾：遭受惩罚、打击。②揭：离去。③襜襜：整齐鲜明。④暾暾：光明的样子。⑤轇轕：纠结缠绕。

译文

悲叹我的本性不能改变，屡次受惩创而心不会移易。

穿上明亮的衣服与众不同，形象伟岸崇高。

像王子侨一样乘着云彩，驾着红云登上天空。

我想和天地有相同的寿命，想和日月的荣光等齐。

登上昆仑山向北望去，众神仙来拜访我。

在极盛的阴气中选择鬼神，和我一起登上天门去往大殿。

掉转我的车子使向西，张开彩旗直至玉门山上。

乘驾六龙驰骋在三危山顶，把西方之神唤来九曲水滨。

我的车马盘旋在西山，渡过飞泉山谷又向南行。

路过都广山野一直向前，遇见祝融路过南方。

旋转我的玉车穿过炎火，在咸池我两次曲意停止。

贯穿着鸿蒙之气向东离去，六条飞龙系在扶桑树上。

我遍行天下游遍四海啊，我上天下地奔跑飞行。

召九天神灵集聚天中啊，高树彩旗指挥四方神灵。

乘驾鸾凤往上飞行啊，玄鹤和鷦明紧紧跟从。

孔雀飞舞往来迎送啊，群鹤集聚在北极之星。

推开帝宫入天苑啊，攀上悬圃目眩销魂。

系结玉枝增添佩饰啊，太阳隐藏再升起长庚。

乘惊雷追逐奔放的闪电啊，把百鬼关在北极星。

驱逐风伯让他前面开路啊，再把玄帝暂拘禁在虞渊中。

顺着高风在高空徘徊啊，我要把北方游览遍行。

我向颛顼帝诉说衷情啊，再到空桑山查问玄冥。

转过车头再奔向崇山啊，再到苍梧山向舜帝奏明。

驾起杨木轻舟来到会稽啊，向伍子胥问路在五湖之中。

看到楚国窳败的政治和恶俗啊，我打算自沉沅湘坚守高洁的操行。

望故乡一片黑暗不明啊，世道混乱污浊方兴未艾。

怀抱兰草白茝一阵芳香啊，反遭奸人嫉妒被摧毁凋零。

铺设绛帷多么鲜明美好啊，微风轻柔将它遮挡。

闪耀的太阳西山隐没啊，余光闪耀还像艳阳高照。

暂时趁此时光游戏片刻啊，可愁思如故难以欢乐。

多么悲叹啊：

我如同乘云的深渊蛟龙。

浮游层层浓云被雾遮蔽。

蛟龙卷曲交错如水流动，如同雷电迅疾高飞天空。

蛟龙攀上天界高远无涯，弃污秽浮清气进去帝宫。

蛟龙摇头摆尾打开双翅，驱使风雨远游无穷太空。

九思

本篇是王逸的作品。王逸，字叔师，东汉宜城（今湖北宜城县）人。汉安帝元初年间（114—119年）为校书郎。顺帝（126—144年）时官位做到侍中。据今本《楚辞章句》题『校书郎臣王逸上』，他在安帝元初中著《楚辞章句》。

关于本篇的写作目的，王逸自己说：『逸与屈原，同土同国，悼伤之情，与凡有异。窃慕向褒之风，作颂一篇。号曰《九思》，以禅其辞。未有解说，故聊叙训谊焉。』但本篇的注释，洪兴祖《补注》认为：『逸不应自为注解，恐其子延寿之徒为之尔。』

这九篇诗歌，主要描写屈原的不幸遭遇，反映了封建时代中国正直知识分子的普遍处境和典型心态。在艺术上，《九思》善于运用比喻和象征的表现手法，深化抒情主题，具备较强的艺术感染力。诗篇含有丰富的想象，抒情的线索适当地反映了诗人矛盾的心理和情感发展的顺序：每一篇的结构都是从现实世界到理想境界，再回到现实，感情依次是悲痛、解脱、痛苦，对比强烈，情绪起伏，给人留下了深刻的印象。本篇原有九首，现选录四首以窥全貌。

怨 上

题解

《怨上》直接埋怨楚怀王迷惑不明，忠奸不分，结果造成奸臣当政，忠臣逃窜，杂草蔓延，鲜花灿烂，在文中他对君王的感情是希冀与怨愤相互交织，是非常矛盾的。篇中对命运不公的申诉以及对以楚王为首的楚国政坛所进行的批评，对后世政治讽喻诗具有启发意义。

令尹兮謷（áo）謷，群司兮譨（nóu）譨。
哀哉兮淈（gǔ）淈[①]，上下兮同流。
菽藟（shū lěi）兮蔓衍，芳虈（xiāo）兮挫枯。
朱紫兮杂乱，曾莫兮别诸。
倚此兮岩穴，永思兮窈悠。
嗟怀兮眩惑，用志兮不昭。
将丧兮玉斗，遗失兮钮枢。
我心兮煎熬，惟是兮用忧。
进恶兮九旬，复顾兮彭务。
拟斯兮二踪，未知兮所投。
谣吟兮中壄，上察兮璇玑。
大火兮西睨，摄提兮运低。
雷霆兮硠磕（láng kē），雹霰兮霏霏。
奔电兮光晃，凉风兮怆凄。
鸟兽兮惊骇，相从兮宿栖。
鸳鸯兮噰（yōng）噰，狐狸兮徾（méi）徾[②]。

哀吾兮介特，独处兮罔依。

蝼蛄兮鸣东，蟊蠽（jié）兮号西。

蛓（cì）缘兮我裳，蠋（zhú）入兮我怀。

虫豸兮夹余，惆怅兮自悲。

伫立兮忉怛（dāo dá），心结縎（gǔ）[3]兮折摧。

①湣湣：泉水涌出的样子，这里形容混乱。②徽徽：相随的样子。③结縎：内心忧思郁结。

楚国的令尹傲慢妄言，百官多进谗言。

哀叹啊社会多混乱，群臣上下同流合污。

杂草蔓延生长，芳香的白芷折断后枯萎。

红色和紫色杂乱无章，不能辨别其颜色。

倚靠在岩石穴洞处，思绪悠长绵绵不绝。

嗟叹楚怀王被蒙蔽视听，难以表达忠义。

楚国将要失去栋梁贤才，遗失中流砥柱。

我的内心煎熬痛苦，想到这些就愁苦郁闷。

想起为主而死的仇牧、荀息，思念务光与彭咸。

跟随两人的脚印前行，心中不知道前途在哪里。

游走在荒野中独自吟唱，昂首仰望着北斗七星。

斜视火星朝西陨落，看摄提星向下行。

雷声阵阵隆隆响，冰雹和雨雪纷纷降落。

闪电驰骋着闪耀的光芒，冷风吹来心里凄伤。

飞禽走兽全都惊惧，相依偎着四处躲避。

双双鸳鸯一起鸣叫，一对对的狐狸相依赖。

可怜孤独的自己，独处无依内心悲伤。

唯有蝼蛄在东墙鸣叫，小蝉虫在西墙啼叫。

我衣服里爬上了毛虫，我身上钻进了蠋虫。

无数的小虫来突击我，苦恼失意也让我独自悲伤。

无限的悲痛让我长久地伫立着，郁结忧思让我心里沮丧。

遭厄

题解

《遭厄》直接哀悼屈原遭逢厄运自沉汨罗。在内容安排上，先写屈原因朝中恶臣聚集，贤良被黜，他要躲避群小的辱骂攻击，乘着青云直上，去寻找光明的地方。于是，他蹑天衢，足重九阳，然而天上也是云霓晻翳，星辰颠倒。在志向被压抑不知去哪儿时，他又产生了回到郢都故乡的愿望。全篇表现了王逸对屈原死前理智与情感双重挣扎的合理想象，寄予了作者对主人公经历与心情的深深理解与共鸣。

悼屈子兮遭厄，沉玉躬兮湘汨。
何楚国兮难化，迄于今兮不易。
士莫志兮羔裘，竞佞谀兮谗阋。
指正义兮为曲，訿（zǐ）玉璧兮为石。
鸱鵰（chī diāo）游兮华屋，鵕鸃（jùn yí）栖兮柴蔟。
起奋迅兮奔走，违群小兮谿诟[1]。
载青云兮上升，适昭明兮所处。
蹑天衢兮长驱，踵九阳兮戏荡。
越云汉兮南济，秣余马兮河鼓。
云霓纷兮晻翳（yǎn yì）[2]，参辰回兮颠倒。
逢流星兮问路，顾我指兮从左。
径娵觜（jū zī）兮直驰，御者迷兮失轨。
遂踢达兮邪造，与日月兮殊道。
志阏绝兮安如，哀所求兮不耦。

攀天阶兮下视，见鄢郢兮旧宇。

意逍遥兮欲归，众秽盛兮杳杳。

思哽饐（yē）[③]兮诘诎，涕流澜兮如雨。

注释

①谿询：诟辱，辱骂。②晻翳：遮蔽。③哽饐：泣不成声貌。

译文

悼念屈原遭遇灾难，宝贵的躯体沉入汨罗江。

楚国这么难以教化，到如今还没有改变。

世人没有不追求高官厚禄的，奉承讨好相互争斗。

指责正义行为是邪曲的，诋毁美好的璧玉是石头。

鸡鹏飞翔瑰丽房屋之中，鹓鸡只能安身柴堆之上。

我要奋起急速向外奔走，避开奸佞小人谩骂诽谤。

乘着朵朵青云向上攀升，到达太阳住所光明地方。

登上天上大路奔腾驰骋，走到日出之处游戏漫步。

我穿过了银河转向南渡，喂我马儿来到牵牛星旁。

彩云虹霓纷纷遮蔽太阳，参星商星运转调转方向。

我遇到了流星向它问路，回头看我告知路在左方。

经过娵觜星次一直奔跑，车夫离开车道失去方向。

才知道错过了正道而斜向行进，和日月轨道背离。

我的志向遭到阻塞隔绝应该走向何处呢，哀叹追求的不能如愿。

攀登天阶星往下观看，看见楚国国都鄢郢我的故乡。

内心动摇想要归去，太多的污秽小人使得楚国昏黑暗淡。

悲痛气塞泣不成声，涕泪横流布满面庞好像下雨一样。

伤 时

题解

《伤时》原指或伤于自然之时，或伤于时政世事，此篇两义都有。全篇首先描写社会现实的黑暗，使诗人想去远游；接着写诗人越五岭、陟丹山，遇见祝融等诸多神仙，神仙境界尽管欣欣酣乐，诗人却独自伤心，怀恋自己的故国，顾章华而叹息。通篇的“乱”与“恋”相交织，形象地表现了主人公对国家的情感。

惟昊天[1]兮昭灵[2]，阳气[3]发兮清明[4]。
风习习兮龢煖（hé nuǎn）[5]，百草萌兮华荣。
堇（jǐn）[6]荼（tú）[7]茂兮扶疏[8]，蘅芷凋兮莹嫇（míng）[9]。
愍贞良兮遇害，将夭折兮碎糜[10]。
时混混[11]兮浇馈[12]，哀当世兮莫知。
览往昔兮俊彦，亦诎（qū）辱[13]兮系累[14]。
管束缚兮桎梏（zhì gù）[15]，百贸（mào）易[16]兮傅卖[17]。
遭桓缪（mù）[18]兮识举，才德用兮列施。

注释

①昊天：指春天，也有说指夏天。②昭灵：显示神通。③阳气：暖气，生长之气。④清明：清澈明朗。⑤龢煖：温暖。⑥堇：菜名，堇菜，也叫旱芹，可以食用。⑦荼：苦菜。⑧扶疏：枝叶繁茂分披的样子。⑨莹嫇：萧瑟。⑩碎糜：粉碎。⑪混混：浑浊，比喻社会环境的阴暗、肮脏。⑫浇馈：以羹浇饭，比喻浊乱。⑬诎辱：委屈和耻辱。⑭累：拘禁，囚系。⑮桎梏：刑具，脚镣手铐。⑯贸易：交易，买卖。⑰傅卖：转卖。⑱桓缪：春秋五霸中齐桓公和秦穆公的并称。缪，通“穆”。

译文

只有春天才最光明神奇，生长之气清澈明朗。

微风和煦温暖宜人，百草萌生生机勃勃。

旱芹苦菜枝叶茂盛，杜蘅和白芷凋零尽显萧瑟。

怜悯忠贞贤良遭遇祸害，他们都将早早逝去身粉碎。

时世混乱就像以羹浇饭，可悲芸芸众生啊无一知己。

观览史上才智杰出之人，也遭受委屈耻辱也被囚禁拘押。

管仲被脚镣手铐绑住，百里奚自卖于秦。

遇到齐桓公和秦穆公的赏识举荐，才智得到重用充分施展。

且从容兮自慰，玩琴书兮游戏。

迫中国兮迮陿（xiá），吾欲之兮九夷[①]。

超五岭[②]兮嵯峨，观浮石兮崔嵬。

陟（zhì）[③]丹山兮炎野[④]，屯余车兮黄支[⑤]。

就祝融兮稽（jī）[⑥]疑，嘉己行兮无为。

乃回朅（qiè）[⑦]兮北逝，遇神孈（xié）[⑧]兮宴娭（xī）[⑨]。

欲静居兮自娱，心愁感兮不能。

放余辔兮策驷，忽飚腾兮浮云。
蹠（zhí）[⑩]飞杭[⑪]兮越海，从安期[⑫]兮蓬莱[⑬]。
缘天梯兮北上，登太一兮玉台。
使素女兮鼓簧[⑭]，乘戈[⑮]龢（hè）[⑯]兮讴谣。
声噭誂（jiào tiào）[⑰]兮清和[⑱]，音晏衍[⑲]兮要婬（yín）。
咸欣欣兮酣乐，余眷眷兮独悲。
顾章华[⑳]兮太息，志恋恋兮依依。

注释

①九夷：古代称东方的九种民族，亦指其所居之地。②五岭：山名，大庾岭、越城岭、骑田岭、萌渚岭、都庞岭的总称。③陟：登上，进入。④炎野：泛指南方炎热之地。⑤黄支：国名。⑥稽：考核，查考，决断。⑦竭：离去。⑧嫣：神名。⑨宴娭：也作“宴嬉”，宴饮嬉戏。⑩蹠：用以表示乘，登。⑪飞杭：飞快的船。⑫安期：也称“安期生”“安其生”，

仙人名。⑬蓬莱：蓬莱山，古代传说中的神山名，泛指仙境。⑭鼓簧：吹笙。簧，笙管中的铜叶，借指笙。⑮乘弋：仙人名。⑯龢：通“和”，以声相应，跟着唱或跟着唱腔伴奏。⑰嗷诶：歌声清畅。⑱清和：（声音）清越和谐。⑲晏衍：淫邪之声，怪腔异调。⑳章华：即章华台，楚离宫名。

译文

我暂且安于现状自我安慰，抚琴读书游乐嬉戏。

迫于中原国土狭小险恶，我想去东方九夷所居之地。

越过高大险峻的五岭，观看巍峨耸立的东海浮石。

登上丹山赶往炎野，在黄支国驻扎我的车马。

请教火神祝融解疑问，他嘉奖我的行为顺应自然。

于是掉转车马离去继续向北方行走，遇到神明嬿宴饮嬉戏。

我想静静地坐下自娱自乐，但是内心哀愁悲戚不能如此。

放开我的马缰鞭策驰马，忽然腾跃起身跳上飘浮的云彩。

登上飞快的船越过北海，跟从安期到达蓬莱仙境。

攀缘天梯向北而上，登上太乙星于玉台见天帝。

让天上的神女吹笙，仙人乘戈伴唱清歌盈室。

歌声酣畅淋漓声音清越和谐，音乐柔和舞姿秀美。

众人都很喜悦尽情纵乐，只有我眷念故乡独自伤悲。

回头看章华台长长叹息，心里依依不舍地思念着楚国。

守 志

题解

《守志》系恪守志向，实现理想之意。这实际上是一首游仙诗，诗人先描写现实的黑暗和自己的壮志难酬，接着写六蛟升天、历九宫、睹秘藏、就傅说骑龙、与织女合婚，直接辅助天帝完成教传，建立了丰功伟业。虽然篇末还是流露出些许失意与哀叹，但积极向上的乐观精神占主导的地位，本篇是对《远游》的继承和完善，表达了王逸对屈原所处黑暗时代的悲愤和借想象让屈原超越自我、实现美好理想的愿望。

陟（zhì）玉峦兮逍遥，览高冈兮峣峣（yáo）①。
桂树列兮纷敷②，吐紫华兮布条。
实孔鸾兮所居，今其集兮惟鸮。
乌鹊惊兮哑（yā）哑③，余顾瞻兮怊（chāo）怊。
彼日月兮暗昧，障④覆天兮祲（jìn）氛⑤。
伊我后兮不聪，焉陈诚兮效忠。
摅（shū）⑥羽翮（hé）⑦兮超俗，游陶遨⑧兮养神。
乘六蛟兮蜿蝉（wān shàn）⑨，遂驰骋兮升云。

注释

①峣峣：高。②纷敷：即纷披，散乱。③哑哑：象声词，禽鸟鸣声。④障：通“瘴”，瘴气，邪气。⑤祲氛：邪恶之气。⑥摅：舒展。⑦羽翮：指翅膀。⑧陶遨：无牵无挂的样子。⑨蜿蝉：蛟龙盘屈的样子。

我登上昆仑山歇息了一会儿，看见巍峨壮丽的高高山岗。

山上陈列着错杂纷披的桂树，紫花朵朵开放枝叶丰茂。

这里适合孔雀与凤凰安身，现在却被猫头鹰独占了。

恐惧哑哑直叫的乌鸦和喜鹊，回头遥望家乡失意迷茫。

那里日月被乌云遮蔽昏暗无光，不详之气满天覆盖。

可惜我的君王耳目之路不再开明，怎么能让我陈述衷情以效忠呢？

展开双翅我要超世而去，养足精神自由自在远游。

乘着六条蛟龙蜿蜒朝前远行，于是驰骋奔驰直入云天。

扬彗光兮为旗，秉电策[1]兮为鞭。

朝晨发兮鄢郢，食时至兮增泉[2]。

绕曲阿（ē）[3]兮北次，造[4]我车兮南端。

谒玄黄兮纳贽（zhì）[5]，崇忠贞兮弥坚。

历九宫兮遍观，睹秘藏兮宝珍。

就傅说（yuè）兮骑龙，与织女兮合婚[6]。

举天罼（bì）[7]兮掩[8]邪，彀（gòu）[9]天弧[10]兮歼奸。

随真人[11]兮翱翔，食元气[12]兮长存。

望太微[13]兮穆穆[14]，睨三阶[15]兮炳分。

相辅政[16]兮成化[17]，建烈业[18]兮垂勋[19]。

目瞥瞥[20]兮西没，道遐迥（jiǒng）[21]兮阻叹。

志稸（xù）积[22]兮未通，怅敞罔[23]兮自怜。

①电策：闪电，闪电之光如鞭形，故名。②增泉：指银河。③曲阿：地名。④造：到，去。⑤纳贽：初次拜见长者时馈赠礼物。⑥合婚：结为婚姻。⑦天罼：星名。⑧掩：突然袭击，冲杀。⑨彀：张满弓弩。⑩天弧：星名。⑪真人：泛称“成仙”之

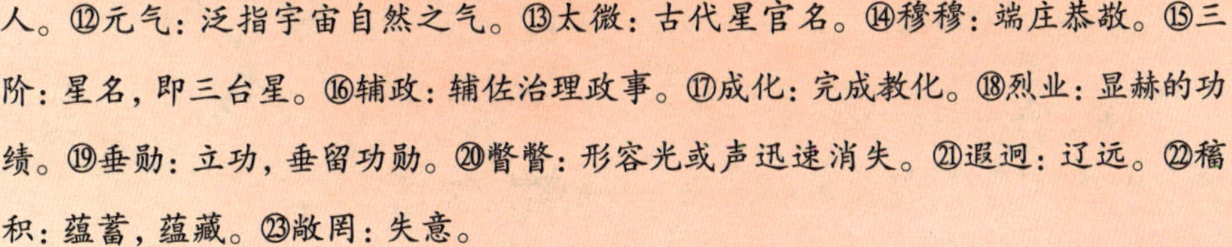

人。⑫元气：泛指宇宙自然之气。⑬太微：古代星官名。⑭穆穆：端庄恭敬。⑮三阶：星名，即三台星。⑯辅政：辅佐治理政事。⑰成化：完成教化。⑱烈业：显赫的功绩。⑲垂勋：立功，垂留功勋。⑳瞥瞥：形容光或声迅速消失。㉑遐迥：辽远。㉒稸积：蕴蓄，蕴藏。㉓敞罔：失意。

译文

高举彗星的光芒作为大旗，抓住闪电之光作为马鞭。

早晨从楚国鄢郢出发，早饭时到达银河。

绕过曲阿在北边留宿，接着驾车马又行向南方。

拜访天帝献上礼物，崇尚忠信坚贞操行的志向更加坚定了。

游历天上九宫将其览遍，看到许多奇珍异宝。

乘龙车拜见贤相傅说，和织女结为婚姻。

举起天毕星将奸人一网打尽，张满天弧星构成的弓射杀奸人。

跟随仙人一起翱翔宇际，食用宇宙元气与天地永存。

望着太微星端庄恭敬，看着三台星明亮耀眼。

它们好像在辅佐天帝处理政事完成教化，建立显赫的功绩垂留功勋。

一眼看到太阳在西边陨落，路途遥远阻隔重重让我悲叹。

胸中蕴含壮志却不能通达于君王，失意怅惘独自伤感。

乱曰：

天庭明兮云霓藏，三光[①]朗兮镜[②]万方。

斥蜥蜴兮进龟龙，策谋从兮翼机衡[③]。

配稷契（xiè）[④]兮恢唐功，嗟英俊兮未为双。

注释

①三光：日、月、星。②镜：名词用作动词，照耀。③机衡：北斗七星中第三星璇玑与第五星玉衡的并称，也代指北斗。④稷契：稷和契的并称，唐尧时代的贤臣。

译文

尾声：

天庭光明灿烂云霓隐蔽，日月星辰明亮照射万方。

斥退害虫蜥蜴献上龟龙，听从他们出谋划策啊安邦定国。

传承稷契发扬尧舜之功，叹英雄豪杰无人可匹敌。